W0020957

d

Alex Capus
Munzinger Pascha

Roman

Diogenes

Landkarte auf Seite 2 von
Bettina Leutenegger,
ebenso die kolorierte
Umschlagillustration
(nach einem Fotoportrait
Werner Munzingers
von 1872)

Für Nadja

Alle Rechte vorbehalten
Copyright © 1997
Diogenes Verlag AG Zürich
200/97/8/1
ISBN 3 257 06128 5

»*Meistens verändern sich
die Dinge zum Besseren.*«

John Wayne
1969 in *Chisum*

I

An jenem Wintermorgen hing der Himmel wieder einmal voller Gleitschirmflieger und Ballonfahrer. Wie neonfarbene Geier kreisten sie über der Stadt, während sich tief unten ein Bus im Morgenverkehr über die City-Kreuzung quälte. Auf der hintersten Plattform stand ein schlaksiger junger Mann und warf einen galligen Blick hinauf zu den vergnügungssüchtigen Himmelsstürmern. ›Die Idioten lernen fliegen‹, dachte er. ›Bald fliegen alle Idioten am Himmel herum. Dann sehen wir die Sonne nie mehr.‹ Der neidische junge Mann sah aus wie ein Polarforscher, aber der Eindruck täuschte. Der junge Mann war ich.

»Ah, unser Max Mohn!« hatte mich der Chef zehn Minuten zuvor angebrüllt, als ich auf die Redaktion der ›Oltner Nachrichten‹ kam. »Tut mir wirklich leid, daß ich deine Arbeitskraft zu solch früher Morgenstunde in Anspruch nehmen muß, hehe!«

Ich murmelte eine Art Morgengruß.

»... sozusagen noch mitten in der Nacht, hehe, und außerdem an einem Montag! Du mußt auf die Piste, jetzt gleich, sofort. Portrait schreiben. Du bist angemeldet.«

»Wer ist es?«

»Dieter Zingg.«

»Der Kunstmaler? War doch erst letzte Woche im Blatt!«

»Schon. Aber jetzt will er in die Politik, kandidiert für den Ständerat. Da müssen wir ein Portrait bringen. Hundertachtzig Zeilen, ja? Sei so gut, bitte.«

Während der Bus stadtauswärts ruckelte, öffnete ich die Archivmappe, die mir der Chef mitgegeben hatte. Sie enthielt Zeitungsartikel über den Kunstmaler Dieter Zingg: fünfundvierzig Jahre alt, Bezirksschullehrer im Hauptberuf, Förder- und Anerkennungspreise hier und da und dort, wurde Anfang der achtziger Jahre den Jungen Wilden zugerechnet und als eine der vielversprechendsten schöpferischen Kräfte im Land gehandelt. Wurde – Donnerwetter! – zu Gruppenausstellungen in Tokio und London eingeladen und durfte auch selbst hinreisen. Durfte drei Monate im Atelier irgendeiner Kulturstiftung in New York arbeiten. Donnerwetter, Donnerwetter.

Meine Haltestelle hieß Mühlebach, obwohl es hier schon längst keine Mühle und keinen Bach mehr gab. Ein paar hundert Meter abseits der Hauptstraße begann das Einfamilienhausquartier, in dem Zinggs Haus stand. Er wohnte dort, wo alle Lehrer wohnen: in einem Einfamilienhaus am Jurasüdfuß. Nicht ganz hoch oben, wo's richtig teuer wird (ab 700 m ü. M.), aber auch nicht unten, wo die billigeren Häuschen stehen (530 m ü. M.), und schon gar nicht zuunterst in der Ebene an der Bahnlinie Zürich–Genf (420 m ü. M.), wo die Türken und Italiener in speckigen Wohnblocks leben. Mit meinem in langen Jahren als Lokalreporter erworbenen Sozial-Höhenmesser hatte ich Zinggs Domizil schnell geortet: Es lag auf 613 Metern und war bis zum hintersten Kellerfenster dreifachverglast. Davor stand links ein Schneemann mit Karottennase, Kohleaugen, Wollmütze und Reisigbesen. Rechts lag tief eingeschneit und zugefroren ein kleiner Weiher, an dessen Ufer ein wohldosiertes Bündel Schilf aus dem Schnee ragte. Zweifellos quakten dort im Sommer die Frösche und blühten allerlei lehrreiche Pflanzen.

Ich öffnete das schmiedeeiserne Gartentor und ließ es hinter mir vorsichtig ins Schloß fallen. Ein makellos geräumter Plattenweg führte zu einer Buchenholztür. Daneben hing eine rostige Kette mit rustikalem Holzgriff. Als ich daran zog, ertönte drinnen das Bimmeln eines Ziegenglöckleins. Die Tür ging auf, und vor mir stand eine alterslose Frau mit im Nacken zusammengebundenen Haaren und wässerigen Augen.

»Guten Tag, mein Name ist Max Mohn, von den ›Oltner Nachrichten‹. Ich bin mit Herrn Zingg verabredet.«

Die Frau wischte ihre mehlbestäubten Hände an der Küchenschürze ab. »Bitte kommen Sie herein.«

Ich machte zwei Schritte ins Hausinnere, dann sagte die Frau: »Würden Sie bitte die Schuhe ausziehen? Wir halten das hier immer so. Der Schmutz und der Schnee, verstehen Sie?«

Ich stellte meine Schuhe neben eine Reihe von kleinen und noch kleineren Gummistiefeln mit aufgedruckten Mickymausfiguren, stieg vorsichtig über eine Spielzeuglokomotive aus Naturholz und folgte der Frau in die Wohnküche. Dort gab eine breite Glasfront den Blick frei auf den Weiher und den Schneemann. An schönen Tagen mußte die Küche sonnendurchflutet sein. Es duftete nach selbstgebackenem Brot. Überall stand und hing blitzsauberes Bauerngeschirr, in der Mitte des Raums war ein alter Eichentisch. Dort thronte Dieter Zingg und las die ›Oltner Nachrichten‹. Er trug ein blaues Bauernhemd mit aufgestickten Enzianen, einen gepflegten Kranzbart und eine runde Nickelbrille. Links und rechts von ihm saßen drei rotbackige Mädchen, das blonde Haar zu Zöpfen geflochten, etwa acht bis zwölf Jahre alt. Das also war der Junge Wilde und Ständeratskandidat Dieter Zingg.

»Guten Morgen, Herr Mohn! Setzen Sie sich, wir beginnen gerade mit dem Frühstück. In den Ferien immer etwas später als gewöhnlich, hehe!«

Ich setzte mich, verknotete die unbeschuhten Füße unter dem Stuhl und versuchte mich zu erinnern, wann ich zum letzten Mal die Socken gewechselt hatte. Dieses Lachen. Hatte ich das heute nicht schon einmal gehört?

»Ich freue mich auf unsere Zusammenarbeit«, eröffnete Zingg das Gespräch. »Ihren Chefredaktor kenne ich ja schon ewig. Wir haben zusammen das Lehrerseminar abgesessen. Und dann waren wir natürlich beide bei den Kommunisten, hehe! Das war vor – warten Sie – das war vor bald dreißig Jahren. Sie müssen das ja nicht unbedingt schreiben in Ihrem Bericht, hehe!«

Wie auf ein geheimes Zeichen falteten die drei Mädchen die Hände und schlossen die Augen. Zingg und seine Frau taten es ihnen nach, und dann bat das jüngste Kind den Herrgott, daß Er segnen möge, was Er uns bescheret hat, und daß es dem kranken Nachbarn bessergehen möge. Ich hielt mich mit beiden Händen an der Tischplatte fest und war froh, daß die ganze Familie die Augen geschlossen hatte. Ob Zingg auch Tischgebete sprechen ließ, bevor er mit seinen Kumpels von der New Yorker Avantgarde Kokain sniffte?

Als es vorbei war, sagte Zingg: »Das hast du schön gemacht, Myriam. Reichst du mir bitte die Butter, Rachel? Und du den Brotkorb, Rebekka?«

Myriam, Rachel, Rebekka. Mir schwindelte. Die drei Mädchen lächelten ihren Vater an und reichten ihm das Gewünschte, während die Mutter aufstand und am Herd mit Kaffee und Milch hantierte. Zingg schaute mich erwartungsvoll an. Ich zermarterte mir das Gehirn auf der Suche nach einer geistreichen Frage. Wie sollte ich etwas über den Mann schreiben, wenn mir nicht einmal eine Frage einfiel? Die drei Mädchen mit den biblischen Namen musterten mich sittsam aus runden wasserblauen Augen. Ich nahm einen Schluck Milchkaffee aus der riesigen Tasse, die mir die Frau hingestellt hatte. Jetzt mußte ich einfach etwas sagen.

»Haben Sie dieses Haus selbst gebaut?«

Zingg war begeistert. Sofort begann er zu erzählen: von Sonnenkollektoren auf dem Dach und Wärmerückführung, Dreifachverglasung, natürlichen Baumaterialien und Holzschnitzelheizung. Ich beobachtete, wie die drei Mädchen sparsam Butter auf das Brot schmierten und noch sparsamer Honig auftrugen. Sie reichten einander den Honigtopf so behutsam weiter, als ob er mit Nitroglyzerin gefüllt sei. Ich war mir ziemlich sicher, daß Zingg den Honig selbst gewonnen hatte. Gleich hinter dem Haus stand mit größter Wahrscheinlichkeit das familieneigene Bienenhaus. Und bestimmt hatte Zingg seinen Töchtern schon tausendmal erklärt, wie hart ein Bienchen arbeiten muß für eine Messerspitze Honig.

Der Milchkaffee wärmte mir wohlig den Bauch. Die drei artigen Mädchen und ihre geschäftige Mutter wattierten den Raum mit sanfter Weiblichkeit, und jetzt drangen doch tatsächlich auch noch ein paar zaghafte Sonnenstrahlen durch den Nebel in unsere Bauernküche. Ich fühlte mich plötzlich sehr wohl. Eine dösige Müdigkeit breitete sich in mir aus. Weit weg waren New York, Tokio, der Ständerat und meine Schreibmaschine. Avantgarde und Politik hatten keine Chance gegen die Gemütlichkeit unserer Frühstücksrunde. Ich nahm mich zusammen und versuchte Zinggs bautechnischen Ausführungen zu folgen. Ab und zu streute ich einen schläfrigen Ausdruck der Verblüffung ein und tunkte selbstgebackenes Vollkornbrot in den Milchkaffee. Die Frau brachte mir ein Paar Lammfellpantoffeln. Mein Glück war vollkommen. Ich wollte nie mehr von hier weggehen. Bis an mein Lebensende würde ich bei diesen braven und gottesfürchtigen Bauersleuten bleiben; morgens würde ich die Kühe melken, nachmittags Schnaps brennen und abends mich zeitig im Stall zur Ruhe legen in der dampfenden Wärme des Viehs. Nach zehn Jahren treuer Pflichterfüllung würde mir der Bauer Zingg eine seiner Töchter zur Frau geben – die mittlere vielleicht, die mit den Sommersprossen –, und eines fernen Tages würde ich den ganzen Hof übernehmen.

Aber dann sagte Zingg: »So, genug geplaudert. Jetzt muß ich Ihnen erklären, wieso Politik Kunst ist und Kunst Politik. Gehen wir ins Atelier.«

Völlig benebelt stieg ich hinter Zingg die Treppe hoch. Ich wollte nicht ins Atelier. Ich wollte in der Bauernküche bleiben bei den blondbezopften Mädchen, der mehlbestäubten Frau und dem Milchkaffee. Aber Zingg wollte ins Atelier und in die Politik. Warum nur, warum?

Das Atelier lag direkt unter dem Dach. Da war nichts mehr von bäuerlicher Gemütlichkeit, nur noch ein leerer weißer Raum mit großen Dachfenstern und einer Staffelei in der Mitte. Unter den Schrägen standen der Wand entlang ungerahmte Bilder, jedes mindestens so groß wie das staubige Rechteck unter dem Ehebett meiner Großeltern. Zingg deutete auf eine blaue menschliche Silhouette auf weißem Grund, die mit einem gewaltigen Satz durch einen gelbroten Feuerreif sprang. »Dieses habe ich als letztes gemalt.«

Ich versuchte mich auf das Bild zu konzentrieren, während ein Hauch kalten Milchkaffees von Zingg zu mir herüberwehte. Um nichts sagen zu müssen, wandte ich mich dem nächsten Bild zu. Es zeigte eine rote Silhouette, die durch einen blauen Feuerreif sprang. Schweigend machte ich die Runde: violette Silhouette durch gelben Feuerreif, gelbe Silhouette durch blauen Feuerreif, grün durch violett und so weiter. Schließlich kam ich wieder bei Zingg an, der bei seinem jüngsten Werk stehengeblieben war. Ich war vollkommen ratlos. Was um alles in der Welt machte Zingg da?

Er schaute mich ernst und prüfend an. »Verstehen Sie jetzt, daß ich in die Politik muß?«

Jetzt mußte ich definitiv etwas sagen. »Ich ... ich fühle in Ihrem Werk eine tiefe Betroffenheit ...«

Zingg geriet in Fahrt. Er erzählte vom schlechten Zustand der Tropenwälder, vom Ozonloch, von den Menschenrechten, fairem Welthandel, natürlichen Baumaterialien und Holzschnitzelheizung.

Ich fühlte mich plötzlich unwohl. Müdigkeit breitete sich

in mir aus. Weit weg waren die Bauernküche, die mehlbestäubte Frau mit ihren blondbezopften Töchtern, der Bienenstock und der Milchkaffee. Ich nahm mich zusammen und versuchte Zinggs Ausführungen zu folgen, aber eigentlich dachte ich unentwegt daran, wie ich möglichst schnell wieder aus dem Gruselkabinett des Dr. Zingg fortkommen könnte.

2

Am frühen Nachmittag saß ich auf der Redaktion der ›Oltner Nachrichten‹ vor meinem Bildschirm, wetzte die Fingerspitzen und warf einen Blick auf die Uhr. Hundertachtzig Zeilen, hatte der Chef gesagt; das war in zwei Stunden bequem zu schaffen. Wenn nichts dazwischenkam, würde ich noch bei Tageslicht der Aare entlangspazieren und nachsehen, ob die Schwäne am Ufer festgefroren waren. Ich hatte gerade meine dreieinhalb Schreibfinger in Stellung gebracht, als eine fette, blauschwarze Fliege auftauchte. Eine Fliege mitten im Winter – fasziniert ließ ich die Hände in den Schoß sinken. Sie torkelte brummend durch mein Büro wie ein chilenisches Postflugzeug, das sich verzweifelt einen Weg durch die regenverhangenen Anden sucht. Das Postflugzeug quälte sich mit Ach und Krach über den Gipfel des Gummibaums hinweg, verschwand für einen Augenblick in einer schwarzen Regenwolke und schaffte kurz vor dem Zerschellen am nächsten Gebirgszug eine Notlandung auf meinem Büchergestell. Dort stand der Flieger still und kühlte seine heißgelaufenen Propellermotoren. Sachte, sachte rollte ich auf meinem Bürostuhl zum Regal. Das Ding mußte weg; solange der Brummer in meinem Büro umherkurvte, würde ich keine Zeile schreiben können. Als ich auf Armeslänge herangekommen war, hob ich in Zeitlupe die Hand, fixierte den Gegner, schlug blitzschnell zu – und die Fliege war nichts mehr als ein klebriger Fleck, gleichmäßig verteilt auf meinem Handteller und einem grünen Buchrücken. Ich wischte meine Hand an der Hose ab und betrachtete das Buch. Dick, in Leinen gebunden, goldene Prägeschrift: *Geographisches Lexikon der Schweiz*, erschienen 1905. Interessant. Noch nie gesehen. Dabei saßen wir nun schon fast drei Jahre ganz nah beisammen, praktisch Rücken an Rücken, das Buch und ich. Als pflichtbewußter Lokalreporter schlug ich es selbstverständlich sofort unter O wie Olten auf.

OLTEN (Kt. Solothurn, Amtei Olten-Gösgen). 400 m ü. M. Stadtgemeinde, 67 km nördlich von Bern, auf beiden Seiten der Aare und zwischen den beiden südlichsten Juraketten, 47° 21' n. Br. und 8° 03' ö. L. von Greenwich. Olten verdankt seine Bedeutung der Eigenschaft als Hauptzentralpunkt der Bahnlinien Genf–Zürich–Bodensee via Bern und via Neuenburg und Basel–Luzern–Chiasso sowie der Straßenzüge...

Olten war also ein Hauptzentralpunkt. Das hatte ich doch schon immer vermutet. Und was sonst noch? 8200 Einwohner in 850 Häusern (1904), neues Schulhaus, neues Theater, neues Spital, allerlei neue Fabriken, ein eigenes Elektrizitätswerk, Stadtbibliothek mit 15000 Büchern, prächtiger Bahnhof, prächtige Naturlandschaft ringsum, prächtige Geschichte, zurückzuverfolgen bis in die Römerzeit... und so weiter. Ich wunderte mich nicht mehr, daß wir so lange schweigend Rücken an Rücken gesessen hatten. Wir hatten einander nichts zu sagen. Ich wollte das Lexikon eben zuklappen und zurück ins Regal stellen, als mir im letzten Moment eine irritierende Buchstabenfolge ins Auge stach. Ich machte das Buch noch einmal weit auf und zoomte die Druckbuchstaben näher. Hier stand eine Schulklasse voller kreuzbraver lateinischer Buchstaben, zu nichts anderem nutze als zum Auffüllen der leeren Seiten in einem geographischen Lexikon. Weshalb also irritierten mich die kleinen Langweiler? Ich ging sie nochmals durch, und dann sah ich es: Das hier war kein gewöhnliches Klassenfoto, die lateinischen Langweiler paßten nicht zueinander. Es half nichts; ich mußte die fünf Zeilen lesen.

Aus Olten sind viele bekannte und verdiente Persönlichkeiten hervorgegangen: (...) WERNER MUNZINGER PASCHA (1832–1875), Generalgouverneur der ägyptischen Provinzen am Roten Meer und des östl. Sudans, Afrikareisender und Sprachforscher.

Olten war also nicht nur ein Hauptzentralpunkt, sondern auch Geburtsort eines großen Abenteurers. In denselben engen Gassen wie der Ständeratskandidat Zingg und ich hatte der berühmte Werner Munzinger Pascha seine ersten Schritte getan. Wie wurde man Generalgouverneur der ägyptischen Provinzen am Roten Meer und des östlichen Sudans? Und ich? Warum hatte ich bis heute nichts gewußt von diesem Werner Munzinger Pascha? Warum sagte mir keiner was? Mir, dem Lokalreporter? Ich stand auf und ging mit dem geographischen Lexikon hinüber ins Büro des Chefredaktors.

Auf dem Mahagonipult drehte eine grüne Lokomotive des Typs Ae 3/6 einsam und gemächlich ihre Runden. Ich folgte dem Lauf der Schienen; der Chef hatte wieder einmal eine raffinierte Linienführung gefunden. Sein Ehrgeiz bestand jeweils darin, beim Streckenbau nichts zu verrücken: Die Schreibmaschine mußte am gewohnten Ort stehenbleiben, das Bild der Ehefrau auch, der Rosenquarz, die Aktenstöße, die zwei Telefonapparate ebenfalls. Wirklich gelungen, die Linienführung, besonders die kleine Brücke über die Computer-Tastatur hinweg. Aber wo war der Chef?

»Wo ist denn nur... verdammt... ich hab sie doch...« Hohl drang Trümpys Stimme aus einem Aktenschrank hinter der Tür.

»Chef?«

»Wo zum Teufel ist die Ae 4/7?« Er tauchte aus der Tiefe des Schranks auf und sah mich drohend an.

Ich erinnerte ihn daran, daß wir die Lok nach dem letzten Redaktionsapéro in die Reparatur schicken mußten; sie war in einer Linkskurve entgleist und in hohem Bogen gegen den Heizkörper geknallt, als der Chef einen neuen Geschwindigkeitsrekord aufzustellen versuchte.

»Ach ja!« Er ging zurück zu seinem Pult und drehte am Transformator. Die Ae 3/6 kurvte jetzt doppelt so schnell zwischen Rosenquarz, Ehefrau und Aktenstößen herum. »Kommst du voran mit deinem Zingg-Portrait?«

»Es geht. Sagt dir der Name Werner Munzinger Pascha etwas?«

»Der Afrikaforscher? Natürlich. War der Sohn des Bundespräsidenten Josef Munzinger, des Gründervaters von

1848. Ist nach Ägypten abgehauen, als sein Vater in die Regierung kam. Wollte wohl Pharao werden, um den Alten zu übertrumpfen, hehe!«

3

17. November 1848, kurz vor Mittag. Dicke Nebelschwaden ziehen über die Aare. Das ist nichts Ungewöhnliches für die Jahreszeit, aber die Möwen mögen den Nebel nicht; beleidigt bleiben sie auf dem Dachfirst der Holzbrücke sitzen, die vom Zollhaus ins Städtchen führt. Ein Hauptzentralpunkt ist Olten damals noch nicht, denn es gibt noch keine Eisenbahn weit und breit. Olten ist in jenem Herbst ein muffiges Kaff mit tausendfünfhundert Einwohnern, die sich ängstlich hinter dicken, mittelalterlichen Stadtmauern verbergen. Und wo später Spitäler und Fabriken stehen werden, dampfen Kuhweiden und Kartoffeläcker in der fahlen Morgensonne, so weit das Auge reicht.

Ein paar hundert Meter flußaufwärts sitzt ein bleicher, schmächtiger Jüngling von sechzehn Jahren auf einem Fels am Ufer und wirft Steinchen ins Wasser. Da und dort ragen verrottete, algenbedeckte Holzbalken aus dem Fluß. Die Goldsucher! Wenn nur die Goldsucher noch hier wären! Der Jüngling streicht sich eine blonde Locke aus dem Gesicht. Der Vater hat oft von ihnen erzählt: Über sechzig Mann haben hier Gold gewaschen von Mai bis September 1820. Grimmige Kerle waren es, ausgediente Soldaten, landlose Bauern, heimatlose Handwerksgesellen. Sie arbeiteten für den Oltner Posthalter Frei, der die Rechte an der ganzen unteren Aare für zehn Jahre gekauft hatte. Die grimmigen Kerle standen einen Sommer lang zehn Stunden täglich bis zur Hüfte im Wasser, schaufelten goldhaltigen Sand aus dem Flußbett und siebten hauchdünne Goldplättchen heraus. Im Herbst wog Posthalter Frei die Ausbeute und beschloß, daß es zu wenig sei. Die sechzig Männer mußten gehen, nach Kalifornien oder sonstwohin. In Olten jedenfalls gab es für sie keinen Platz, und in der Aare verrotten seither die hölzernen Schleusen und Waschtische. Olten ist halt nicht Kalifornien! sagt der Vater.

Werner Munzinger wirft Steinchen nach einem Holzbalken, der nicht allzu weit weg im Wasser steht. Er trifft nicht. Sein Bruder Walther trifft immer. Walther ist Soldat. Dabei ist er nur zwei Jahre älter als Werner. Vor einem Jahr hat er ernsthaft geschossen, als er gegen die katholischen Kantone in den Sonderbundskrieg zog. Sogar einen Säbel hat Walther erbeutet in offener Schlacht, hoch zu Roß ist er in Luzern eingeritten, mitten im Generalstab an der Spitze der siegreichen Armee. Soldat kann ich nicht werden, denkt Werner. Erstens ist das der Bruder schon, zweitens treffe ich nicht so gut. Aber was dann? Nächstes Jahr ist Werner mit dem Gymnasium fertig, dann muß er nach Bern an die Universität und ein Studium anfangen. Theologie wäre schön, das hat mit Menschen zu tun. Aber wenn er diese verstaubten Pfaffen nur schon sieht. Der Vater will, daß er Arzt wird... Werner hat Hunger. Hoffentlich ist bald Mittag. Großmutter macht die besten Pfannkuchen der Welt.

Je näher Werner dem oberen Stadttor kommt, desto mehr Menschen begegnet er.

»Sei gegrüßt, Werner! Gratulation dem Herrn Vater!«

Was haben die Leute nur? Warum schauen sie ihn alle an?
»Herzlichen Glückwunsch!«
Dort zieht sogar einer den Hut! Noch nie hat ein Erwachsener den Hut gezogen vor ihm. Und die Frau da will gar nicht mehr aufhören zu lächeln. »Allen Segen aus der Vaterstadt für den Herrn Papa!«
Ach ja, der Vater. Gestern ist er in Bern zum Bundesrat gewählt worden. Erwartungsgemäß. Vater ist ein berühmter Mann. Schon vor dreißig Jahren war er ein freisinniger Revolutionär, mußte nach Italien ins Exil, kam zurück und hat in Solothurn 1830 die Adligen zum Teufel gejagt. Die Geschichte hat Werner schon oft gehört. Auch die Geschichte vom reaktionären Tambourmajor, der aus Rache in ihr Haus eindrang und Vaters liebsten Kanarienvogel braten ließ. Politiker will Werner nicht werden. Das ist der Vater schon. Etwas Neues will er machen, etwas Schönes, etwas Großes – aber was? Im Frühling muß er nach Bern an die Universität. Er weiß nicht, was er studieren soll. Alles ist schon besetzt, alles ist verbraucht und abgenutzt und langweilig.

Auf der Brücke zum Oberen Tor schlägt Werner der Gestank des Stadtgrabens entgegen. Tief unten fließt ein dünner Bach der Stadtmauer entlang. Im Gebüsch links und rechts des Rinnsals verwesen Küchenabfälle und die Eingeweide geschlachteter Tiere; unter der Brücke liegt seit Wochen ein totes Pferd, dessen Rippen zwischen dem zerfetzten braunen Fell hervorgrinsen. Werner läuft durch die Hauptgasse zum Munzinger-Haus, als eine Bürgerin ihren Nachttopf auf das moosbewachsene Pflaster ausschüttet. Schon immer hat es gestunken in den dämmerigen Gassen dieses muffigen Untertanenstädtchens. Seit elf Generationen lebt Familie Munzinger in diesen Mauern. Seit vierhundert Jahren. Das genügt. Werner will nicht. Der Bruder will auch nicht. Natürlich hat Vater recht: Die Familie ist reich geworden im Schutz der Stadtmauern. Vierhundert Jahre haben die Munzingers hier gearbeitet in Frieden, Fleiß und Freudlosigkeit als Leinenweber, Drahtschmiede und Handelsleute. Eine ehrbare, angesehene Familie. Aber Werner will nicht. Das ist ihm zu langweilig. Wenn die Goldsucher hier keinen Platz haben, will auch er nicht bleiben.

4

Draußen war es schon dunkel, und ich saß immer noch im Büro und hatte keine einzige Zeile über Dieter Zingg zustande gebracht. Zum x-ten Mal schrieb ich drei Wörter auf den leeren Bildschirm und löschte sie auch gleich wieder. Ich stand auf und holte Kaffee, dann schrieb ich fünf Wörter, sortierte die Büroklammern in meinem Pult der Größe nach, fügte zwei Wörter hinzu und löschte alles, staubte die Blätter des Gummibaums ab und rauchte meine fünfzehnte Zigarette.

»Max, alter Träumer!« brüllte der Chef, der sich wie immer lautlos von hinten angeschlichen hatte. »Kommst du vorwärts mit deinem Zingg-Portrait? Morgen früh bringst du mir den Artikel, ja? Ich möchte ihn durchsehen, bevor er ins Blatt kommt. Den alten Zingg kenne ich schon ewig. Wir haben zusammen das Lehrerseminar abgesessen. Und dann waren wir natürlich beide bei den Kommunisten, hehe! Das war vor – wart einmal – bald dreißig Jahren. Das mußt du ja nicht unbedingt schreiben in deinem Bericht, hehe!«

Er war schon fast wieder draußen, als ich ihn zurückrief. »Chef! Es geht nicht.«

»Was soll das heißen: Es geht nicht?«

»Es geht nicht, mit Zingg. Mir fällt einfach nichts ein, das ich schreiben könnte.«

»Zum alten Zingg fällt dir nichts ein? Aber hör mal: der Bart. Die Kunst. Das Häuschen. Der Weiher. Die Frau. New York. Die drei Töchter. Tokio. Und jetzt auch noch die Politik. Und da fällt dir nichts ein? Aber, aber!«

»Ich weiß, natürlich. Aber, wie soll ich sagen: Der Mann ist ... er ist ...«

»Ja?« Der Chef schaute mich an wie ein geduldiger Primarlehrer.

»Nun, er ist ...«

»Sag's doch!«

»Er ist ein ... ein ...«

»Ein Arschloch, ein verlogenes?«

»Ja. Ganz genau.« Der Chef hatte den treffenden Ausdruck gefunden, die präziseste, einzig mögliche Bezeichnung. Er hatte mit zwei Wörtern das Portrait des Ständeratskandidaten Dieter Zingg gezeichnet. Der Artikel war geschrieben, die Arbeit erledigt, ich konnte nach Hause gehen.

»Du meinst, der alte Zingg ist ein wehleidiger Wohlstandskrüppel?«

»Ja.«

»Ein scheinheiliger Kriegsgewinnler? Ein kleinkarierter Kulturspießer?«

»Ja.«

»Ein kleinmütiger Humanitätsheuchler? Ein wurstiger Pinselschwinger? Ein spießiger Gartenzwerg?«

»Ja.«

»Mein lieber Max, jetzt hör mir mal zu: Erstens müssen wir das Portrait einfach bringen, weil wir von jedem Ständeratskandidaten ein Portrait machen. Zweitens sind genau solche Sachen dein Job. Und drittens: Was glaubst du, welche Ausdrücke ein sechzehnjähriger Gymnasiast wählen würde, wenn er einen dreißigjährigen konvertierten Hippie wie dich mit zwei Wörtern portraitieren müßte?«

Natürlich hatte der Chef recht. Das ärgerte mich jedesmal furchtbar, wenn er recht hatte. Sobald ich mit dem Portrait fertig wäre, würde ich wieder einmal in die Kneipe gehen und mich vorsätzlich betrinken. Sachte, aber gründlich, zur Entspannung.

Kaum war der Chef weg, klingelte das Telefon.

»Oltner-nachrichten-lokalredaktion-mohn-guten-tag?«

»Max, bist du das?«

Ingrid. Oh, Ingrid. »Ja, hallo, wie geht's?«

»Danke, bestens, wunderbar, großartig! Und dir?«

»Ganz genauso. Genauso wie dir.«

»Fein. Hör mal zu: Könntest du heute abend außer Programm den Kleinen übernehmen? Ich habe eine wichtige Sitzung. In einer halben Stunde – paßt dir das?«

»Aber natürlich.«

Es paßte mir überhaupt nicht. Schließlich wollte ich mich heute abend betrinken. Macht nichts. Mein Sohn ist wichtiger. Betrinke ich mich halt morgen. Und das Zingg-Portrait kann ich auch zu Hause schreiben, wenn der Kleine schläft.

Ingrid, oh, Ingrid. War da nicht ein kleines Zittern in deiner Stimme, als du »Max, bist du das« gesagt hast? Ich habe ein wenig gezittert beim »Ja, hallo, wie geht's«. Wie lange ist es nun her, seit wir uns trennen mußten? Was, erst vier Monate? Es kommt mir wie sieben Jahre vor.

An jenem Abend lief eine Teilaufzeichnung von Schweiz–Ungarn. Ich saß nicht vor dem Fernseher, sondern kämpfte mich mit zwei großen Plastiktaschen voller Einkäufe das Treppenhaus hoch und stellte sie auf den Küchentisch. Zwei Plastiktaschen.

»Du solltest Papiertaschen nehmen, mein Lieber. Die sind umweltverträglich.« Ingrid ließ ihre eisblauen Husky-Augen auf mir ruhen.

»Aber sie reißen. Ich will nicht, daß meine Einkaufstaschen reißen. Wo ist der Kleine?«

»Er schläft – leider.«

»Wieso leider?«

»Weil er dann wieder die halbe Nacht wach ist, darum.«

Der Abend begann schlecht. Meine Aussichten auf einen eleganten Abgang hin zum Fernseher schwanden. Ich packte die Einkäufe aus: Eier, Butter, Kaffee, Joghurt, Joghurt, Milch, Milch und nochmals Milch, Karotten, Weißbrot ...

»Wieso Weißbrot?« fragte Ingrid.

»Was, wieso Weißbrot?«

»Weißbrot ist schlecht. Es hat keine Nährstoffe, ist schlecht für die Zähne, liegt schwer im Magen ...«

»Mir egal. Ich mag's.«

»Soso. Du magst Weißbrot, und alles Weitere ist dir egal.« Ingrids Stimme wurde höher und gepreßter. Die weibliche Kampfstimme. »Du kaufst nicht für dich alleine ein, mein Lieber. Wir sind auch noch da.«

»Ich weiß das. Ich habe seit zwei Jahren nichts mehr für mich alleine eingekauft.«

Ingrid setzte sich an den Küchentisch, fuhr sich mit gespreizten Finger durchs blonde Haar und schenkte sich ein Glas Wein ein. Wie schön sie war.

»So geht das doch nicht. Wir sollten uns einig werden. Weißbrot ist nun mal ...«

»Schon gut, alles in Ordnung. Ab sofort kaufe ich Vollkornbrot. Ist dir das recht?«

»Nein, so nicht! Wir müssen darüber reden und gemeinsam zu einer Lösung kommen.«

»Also, was nun: Weißbrot oder Vollkornbrot?«

»Max, du bist ein sturer Bock. Du bist ein Idiot.«

»Und du hast deine Tage, nehme ich an.«

Dummerweise hatte Ingrid tatsächlich ihre Tage. Sie schnellte hoch, durchbohrte mich mit ihren eisblauen Husky-Augen, schnappte sich das Weinglas und schüttete mir den Inhalt ins Gesicht. Wie im Film. Und ich gab ihr eine Ohrfeige, auch wie im Film. Das wär's auch schon gewesen, wenn ich nicht zu stark zugeschlagen hätte, aus Mangel an Routine. Deshalb verlor Ingrid das Gleichgewicht, stürzte, schlug gegen die Oberkante des Kühlschranks und blieb auf dem kalten Fliesenboden liegen. Der Wein tropfte mir aus den Haaren und machte violette Flecken auf mein weißes Hemd. Ingrid stand nicht wieder auf. Einen Moment glitzerte es in ihren Augen, dann stöhnte sie leise und griff sich an den Nacken. »Es tut so weh.« Ihre Stimme war ein kaltes Lüftchen, voller Todesahnung. In Panik bettete ich Ingrid mit Kissen und Decken auf den Küchenboden, bevor ich die Ambulanz rief.

Um es kurz zu machen: Sie hatte einen Halswirbel gebrochen. Angerissen. Von der Fahrt ins Spital will ich schweigen, von den tausend Fragen zum Unfallhergang, von der angstvollen Nacht in einem neonbeleuchteten Aufenthaltsraum mit unserem schlafenden Sohn im Arm ebenfalls, und von den vorwurfsvollen Blicken der Ärzte und Krankenschwestern.

Ich raffte mein Zingg-Dossier zusammen und ging nach Hause. Ingrid lieferte den Kleinen pünktlich um halb sieben Uhr an meiner Haustür ab. Ich kochte ihm seine Leibspeise, Spaghetti mit Apfelkompott aus der Dose. Dann putzten wir die Zähne und gingen zu Bett. Binnen zwei Minuten war der Kleine eingeschlafen, und ich ging hinüber an meinen Schreibtisch. Hundertachtzig Zeilen. Wenn ich erst einen Anfang habe, geht alles wie geschmiert. Wie eilig es Ingrid hatte, als sie den Kleinen brachte. Zum Glück schläft er schon, dann kann ich in Ruhe arbeiten. Der Anfang ist nun mal das Schwerste. Heute abend schreibe ich nur den Anfang, für den Rest habe ich morgen noch lange Zeit. Also, mal sehen: Womit steige ich ein? Mit einer Beschreibung der Bauernküche? Nein – das ist Kitsch. Mit der mehlbestäubten Frau und den blondgezopften Mädchen? Zu gefährlich – das könnte frauenfeindlich sein auf die eine oder andere Weise. Soll ich mit der Kunst anfangen? Violette Silhouette durch gelben Feuerreif? Davon habe ich nichts begriffen. Oder gar mit Politik – Betroffenheit, Planet Erde und Menschlichkeit? Nein. Damit nicht. Damit fange ich bestimmt nicht an. Also wirklich nicht.

Ingrid war furchtbar in Eile vorhin. Möchte nur wissen, was sie wieder für eine Sitzung hat – nein, es ist mir egal. Daß die Weiber auch dauernd Kurse besuchen müssen und Vereine gründen! Mir kann's ja wurscht sein, wenn sie keine Zeit mehr haben für ihre Kinder. Ich bin gerne Vater, ich erfülle meine Vaterpflichten mit Freude, im Grunde genommen bin ich ja ein Feminist der ersten Stunde. Ich meine, warum sollten wir Männer die Kindererziehung den Weibern... Was quatsche ich da!

Ich breitete meine Zingg-Notizen und das Archivmaterial auf dem Schreibtisch aus. Da geriet ein kleines, freundliches Büchlein in meine Hände, das mir der Chef im Vorbeigehen aufs Pult geworfen hatte. Es roch gemütlich nach muffigem Bücherschrank. Auf dem Rücken stand in goldener Prägeschrift: *Werner Munzinger Pascha, sein Leben und Wirken.*

5

Bern, 1849. Werner ist siebzehn Jahre alt und studiert an der Universität Philosophie, Geschichte, Geographie, Arabisch und Hebräisch. Es ist kurz vor Mitternacht; zusammen mit seinem Bruder Walther sitzt er im Schein einer Petroleumlampe an einem Eichentisch. Walther ist vertieft in die neue Bundesverfassung, an der der Vater mitgeschrieben hat, Werner hat einen ganzen Stapel Bücher vor sich aufgetürmt und macht Notizen. Im Haus ist es still; die Eltern sind längst schlafen gegangen, das Dienstmädchen hat sich in die Dachkammer zurückgezogen. Nur die große Standuhr schlägt stur den Takt, und in der Ecke bullert der Holzofen. Vor dem Fenster hallen hin und wieder die Schritte eines späten Heimkehrers übers Kopfsteinpflaster.

Plötzlich ein Knall wie ein Pistolenschuß – Werner hat sein dickes, in Schweinsleder gebundenes Geographiebuch zugeklappt. Der große Bruder sieht ihn über den Bücherberg hinweg stirnrunzelnd an.

»Was ist los?«

»Mein Buch stinkt!« ruft Werner. »Alle meine Bücher stinken!«

»Wonach?«

»Nach Staub. Nach dem schlechten Atem alter Männer.

Nach ranzigem Maschinenöl zwischen Zahnrädern, die sich schon lange nicht mehr drehen – ich weiß nicht.«

»Du willst an die frische Luft?«

»Ja. Genau.«

Der große Bruder lächelt. »Dann mach dein Buch wieder auf. Sonst kannst du gleich morgen früh zurück nach Olten. Tante Ursula sucht noch immer einen Laufburschen für den Spezereiladen.«

In jener Nacht gehen Werner und Walther nicht zu Bett. Sie studieren Stunde um Stunde bis zum Morgengrauen. Um sechs Uhr steht das Dienstmädchen auf. Es wundert sich über die zwei Söhne des Herrn Bundesrats und bringt ihnen Milchkaffee. Werner und Walther halten einander wach; nickt der eine ein, schüttelt ihn der andere, bis er wieder munter ist. Es wird Nacht und wieder Tag, noch einmal Nacht und Tag. Erst nach zweiundsiebzig Stunden lassen beide die Köpfe auf die Schulbücher sinken und versinken auf ihren Stühlen in einen tiefen und langen Schlaf.

6

Dieses verdammte Zingg-Portrait. Ich gab auf. Heute wurde das nichts mehr, und morgen war auch noch ein Tag. Sowieso hatte ich mir fest vorgenommen, mich heute abend zu betrinken. Verschiebe nicht auf morgen, was du heute kannst besorgen. Ich sah noch schnell nach dem Kleinen – schlafen konnte er für eine Stunde auch ohne mich – und lief in den ›Ochsen‹, meine Stammkneipe. Ich setzte mich ans Ende eines langen Holztischs. Neben mir machten der kleine Rocker Willy, der große Hippie Werni und zwei weitere Typen einen Schieber. Ich wartete auf die Bedienung und sah mich um. Dort am Tresen: Das war doch Polja, die schönste Rockerin der Stadt. Schon lange nicht mehr gesehen. Merkwürdiger Name; die Legende besagte, daß ihr Vater Russe war, in die Schweiz geflohen aus irgendwelchen politischen Gründen und dann wieder abgehauen, vermutlich ebenfalls aus politischen Gründen. Polja war eine Attraktion mit ihren schwarzen Haaren, den dunklen Augen und den langen Beinen. Erschwerend kam hinzu, daß sie das schönste Motorrad in der ganzen Stadt besaß, eine 76er Harley-Sportster, feuerwehrrot und blitzblank wie eine Nähmaschine. Stolz stand Polja am Tresen, die breiten Schultern unter der schweren Lederjacke weit nach hinten gezogen, den langen Hals durchgebogen wie ein Schwan.

Ihr Lippenstift war so rot wie der Benzintank ihrer Harley-Sportster.

Einer der vier Jasser an meinem Tisch bemerkte, daß ich Polja anstarrte. Er stieß seinen Nachbarn an: »He, Willy, zieh doch noch mal deine Guru-Guru-Nummer ab!«

Da legte Willy die Karten auf den Tisch und fuchtelte mit den Armen wie ein Vögelchen, das vorzeitig aus dem Nest gefallen ist: »Polja, schau her! Guru, guru! Ich bin ein Täubchen, ich bin ein Täubchen!«

Die Jasser neben mir begannen zu lachen und zu grölen. Ich mußte auch ein wenig lachen, obwohl ich überhaupt nichts verstand. Polja bewahrte Haltung, nur ihre Lippen zitterten ein wenig. Und der kleine Rocker Willy, begeistert von seinem Erfolg, flatterte wieder los: »Guru, guru, ein Täubchen, ein winziges, liebes kleines Täubchen!«

Da machte Polja vier Gazellenschritte, und schon stand sie hoch oben vor dem kleinen Willy. Sie sagte nichts, stand einfach nur da. Willy mußte sich weit zurücklehnen, um zu Poljas Gesicht hochzusehen. Theatralisch hielt er die Hand über sein Bierglas. »Nicht so nah! Du wirst doch einem armen Täubchen nicht das ganze Bier voll Tränen machen!«

Polja drehte sich wortlos um und stellte sich wieder am Tresen auf. Der kleine Rocker Willy nahm einen genießerischen Schluck. Die anderen drei Jasser lachten noch ein bißchen rum, aber eigentlich taten sie es nur dem kleinen Rocker zuliebe. Polja tat ihnen leid, und mir auch.

An den Tischen ringsum saß eine einheitliche Masse von Studenten, Sozialarbeitern und Hobbymusikern beiderlei Geschlechts. Sie waren kaum voneinander zu unterscheiden in ihren gleichmäßig verfärbten Baumwollkleidern, mit ihren bunten Strähnen im glanzlosen Haar. Sie rauchten alle Parisienne mild und saßen so dicht beieinander, daß man kaum erkannte, wo ein Leib aufhörte und der nächste begann. Alle waren einträchtig empört über das schlechte Betragen des kleinen Rockers. Aus einem Dutzend Münder fauchte dieser unförmige Fleischberg: »Primitiv... was soll das... laßt sie doch... immer die gleichen...«

Der kleine Willy schaute dem Fleischberg auf all seine Münder, suchte einen auszumachen, der etwas lauter sprach als die anderen oder etwas deutlicher oder frecher. Er wurde nervös, sein Blick sprang hin und her, aber das Monster war nicht zu greifen, formlos, weich und nachgiebig wie eine Hochsprungmatratze. Willy bekam Angst, daß die Matratze ihn unter sich begraben würde. Plötzlich warf er seinen Stuhl zur Seite, rammte mitten im Lokal die Stiefel in den Boden und schrie: »Was ist los? Hat jemand etwas gesagt? Dann soll er herkommen!«

Einen Moment war es still. Gefährlich still. Da rief eine Frauenstimme aus der Tiefe des Saals: »Kann ich bitte einen griechischen Salat haben?«

Polja lachte lautlos auf, und dann lachte der ganze Fleischberg, zerfiel im Gelächter zu Einzelmenschen, die sich eine Zeitung holten, zur Toilette gingen, den Platz wechselten oder einfach sitzenblieben. Der kleine Rocker stand etwas verloren da. Links und rechts wieselten Studenten und Sozialarbeiter an ihm vorbei. Der Feind hatte sich in Luft aufgelöst. Seine drei Jaßfreunde brummelten gutmütig. Der große Hippie Werni neben mir verteilte die Karten und rief: »Komm, Willy, machen wir weiter.«

Nach dem zweiten Bier mußte ich auf die Toilette. Ich

hatte mich kaum vor dem Pissoir aufgestellt, als schon Werni neben mir stand.

»Du, Werni – was hat das eigentlich auf sich mit dieser Guru-Guru-Geschichte?«

»Jaaa«, sagte er und schloß genießerisch die Augen. »Das ist eigentlich gar nicht lustig. Polja hat letzten Sommer eine Taube zu Tode getrampelt. Seither ist sie traurig.«

»Sie hat was?«

»Eine Taube plattgemacht. Sprang bei der Stadtkirche vom Mäuerchen – du weißt schon, wo. Keinen Meter hoch, aber für die Taube hat's gereicht. Hatte keine Zeit mehr wegzufliegen, das arme Ding. Und Polja trug ihre Fallschirmspringerstiefel. Seither ist sie traurig. Spricht mit keinem mehr, hat ihren Freund verlassen, steht einfach am Tresen und trinkt und raucht zuviel.«

Ich ging zurück an meinen Platz und wälzte still für mich allerlei Fragen. Hatte Poljas Fuß das Bersten der dünnen Rippenknochen gefühlt, durch die Gummisohle ihres Fallschirmspringerstiefels hindurch? War der Vogel geplatzt wie eine überreife Traube, waren Gedärme und Darminhalt auf den Asphalt gespritzt? Und als Polja erschrocken den Fuß hob: Blieb da die Hälfte der Taube hängen im tiefen Sohlenprofil des Fallschirmspringerstiefels? Mußte Polja vom nahen Kastanienbaum einen Ast abbrechen, um Gehirnmasse, Schädeltrümmer, Federn, Haut, Schleim und Knochen herauszuklauben? Und wer putzte schließlich den Gehsteig?

Ich stand auf, machte drei Dromedarschritte und stellte mich neben Polja auf.

»Ciao, Polja. Tut mir leid, das mit der Taube.«

Polja schwieg und schaute ins Leere.

»Ich habe gehört, daß du ziemlich traurig bist seither.«

Polja schwieg.

»Ich weiß eine Menge über Tauben. Willst du, daß ich dir von ihnen erzähle?«

Polja schwieg weiter, aber sie drehte den Kopf eine Spur zu mir herüber.

»Also, hör zu. Du glaubst, Tauben seien die unschuldigsten Wesen der Welt. Zu dumm und friedfertig, um auch nur einen Regenwurm angreifen zu können, auf Gedeih und Verderb auf das harte Brot angewiesen, das der Mensch ihnen zuwirft. Nicht wahr, das glaubst du?«

Polja schwieg, aber auf ihren Lippen hatte sie ein kleines Lächeln vergessen.

»Jetzt paß auf: Du täuschst dich. In Wirklichkeit sind Tauben ziemlich gefährliche Tiere, raffiniert und hinterhältig. Die Taube wollte dich umbringen. Statt dessen hast du sie erwischt. Die Taube hat einfach Pech gehabt und du Glück. Das ist alles.«

»Jetzt laß mich aber in Ruhe. Du bist ja besoffen.« Das Lächeln verschwand aus ihren Zügen.

»Hör mir zu, dann beweise ich's dir!«

Poljas Lippen waren ein einziger Strich. Sie verdrehte die Augen, daß man nur noch das Weiße sah.

»Stell dir vor, du schlenderst durch die Altstadt. Vor dir versperrt ein Schwarm Tauben den Weg. Was geschieht, wenn du näher kommst?«

Polja atmete hörbar aus.

»Was machen die Tauben, wenn du näher kommst? Was, Polja? Sag es mir!«

»Also gut: Sie flattern auf und davon.«
»Richtig!« Ich triumphierte. »Und wann?«
»Was wann?«
»Wann flattern sie davon? Weit vor dir? Meilenweit vor dir?«
»Nein, du Quälgeist. Erst im letzten Augenblick.«
»Eben! Weißt du auch, warum sie erst im allerletzten Moment davonflattern?«
»Warum wohl. Aus schierer Dummheit, die armen Geschöpfe.«
»Falsch! Das ist nicht Dummheit, sondern kaltes Kalkül! Der Herrgott hat die Viecher so programmiert, vor Jahrmillionen, als es noch keine Städte gab und die Tauben auf den Felsen hockten. Die Viecher flattern absichtlich vor unserer Nase herum, damit wir das Gleichgewicht verlieren und zu Tode stürzen. Verstehst du? Das gleiche Spiel hat deine Taube mit dir versucht, nur warst du erstens schneller und gibt es zweitens keine Felsen bei der Stadtkirche. Sonst wärst du abgestürzt, und dein Täubchen hätte die Gehirnmasse aus den Trümmern deines Schädels gepickt. Tauben fressen nämlich nicht nur Brot, sondern auch totes Fleisch. Wenn sie dazu kommen.«

Jetzt wandte sich Polja ganz zu mir um. Sie war wirklich die schönste Rockerin von ganz Olten.

»Es war eine Taube, Max. Kein Panther.« Sie machte sieben Gazellenschritte und verschwand hinter der Eingangstür. Durchs Fenster sah ich, wie ein Scheinwerfer aufleuchtete. Dann wummerte der Baß einer 76er Sportster durch die Nacht, wurde schnell leiser und verstummte.

7

Kurz nach Mitternacht lag ich im Bett. Im Kinderzimmer schnarchte der Kleine. Ich fühlte, daß ich lange nicht einschlafen würde, denn ich hatte mich doch nicht betrunken, allen guten Vorsätzen zum Trotz. Nach dem dritten Bier hatte ich gemerkt, daß es keinen Spaß machen würde; faßweise hätte ich an jenem Abend Schnaps und Bier kippen können, ohne daß ich lustiger oder tiefsinniger oder auch nur wütender geworden wäre. Und so hatte ich schweren Herzens meine viel zu kleine Rechnung beglichen und war bedenklich früh und nüchtern nach Hause gelaufen. Jetzt, da ich im Bett lag, wurde mir ziemlich melancholisch um die Nierengegend. Früher hatte das Saufen solchen Spaß gemacht! So konnte es nicht weitergehen. Entweder würden Bruder Alkohol und ich wieder zueinanderfinden, oder ich würde mir eine neue Freizeitbeschäftigung suchen müssen. Eine ganze Jugend lang war er mein treuer Freund und Seelendoktor gewesen, unerschöpflicher Quell philosophischer Inspiration, Zaubertrank für stundenlanges Gelächter und zuverläßige Brücke über die schwarzen Löcher, die da ständig kalt und saugend lauerten an den Rändern meines ansonsten spiegelglatten Lebensweges. Natürlich wurde man mit den Jahren gewitzter und tappte nicht gleich in jede Falle. Man vermied etwa allzu lange Blicke in den Sternenhimmel, Spitalbesuche und den Anblick von ergrauten Rauhhaardackeln, die sich rheumatisch über den Gehsteig quälen. Aber immer wieder taten sich Löcher an den unvermutetsten Orten auf und brachten mich in wichtigen Momenten aus dem Gleichgewicht – beispielsweise am Abend jenes Tages, an dem Ingrid und ich unsere gemeinsame Wohnung bezogen hatten. Wir standen müde, aber glücklich im Badezimmer und putzten uns Schulter an Schulter die Zähne. Ich hatte schon alle meine Zähne doppelt abgebürstet, als Ingrid immer noch am dritten Backenzahn oben links herumpolierte. Ich spuckte die Zahnpasta aus und beobachtete, wie der Schaum gurgelnd im Ausguß verschwand. Mein Blick verlor sich in diesem Dunkel, das kein Sonnenstrahl jemals erhellt; ich ahnte die Kälte jener Tiefe, ich spürte den gewaltigen Sog des schwarzen Lochs, das kraft seiner rätselhaften Gravitation alle Illusionen von Liebe und Licht verschluckt, ich erschrak ob der Zartheit der Lebensfäden, die mich – wie lange noch? – vor dem Fall in jenen bodenlosen Ausguß bewahrten. Voller Entsetzen wich ich vom Waschbecken zurück.

»Wasch hasch du geschehen?« fragte Ingrid, den Mund voller Schaum.

Ich schwieg. Ingrid legte mir ihre freie Hand auf den Nacken und lachte mit ihren Husky-Augen. »Bischt ein armer Bub.«

Waren wir schon soweit, daß ich im Bett lag und der Kleine im Nebenzimmer schnarchte? Da wummerte ein Motorrad durch die Nacht, wurde schnell lauter und verstummte. Dem Geräusch nach zu urteilen konnte es gut eine 76er

Sportster sein. Ich beschloß, mir keine weiteren Gedanken zu machen, zog die Decke bis zu den Augen hoch und drehte mich gegen die Wand. Aber dann – da: Waren das nicht Schritte im Treppenhaus? Schritte von schweren Fallschirmspringerstiefeln? Das ist der Vorteil, wenn man in einem Altbau lebt, in dem die Außentür nicht zuschnappt, dachte ich. Ich sprang auf, schloß die Kinderzimmertür und legte mich wieder hin. Dann ging die Wohnungstür auf, und jemand lief mit schnellen Gazellenschritten durch den Flur. Einen Moment blieb es still. Was sollte ich tun, wenn jetzt meine Schlafzimmertür aufging? Ich würde einfach liegenbleiben, das Gesicht zur Wand, und mich schlafend stellen. Meine Tür öffnete sich. Ich rührte mich nicht und gab mir Mühe, gleichmäßig zu atmen. Knurrend ging ein grober Reißverschluß auf – vielleicht die Lederjacke. Dann folgte allerhand seidenes Gezischel und Geraschel, und dann liefen zwei bloße Füße auf mein Bett zu. Ich gab mir darüber Rechenschaft, daß ich völlig nackt dalag und die Bettwäsche schon eine ganze Weile nicht mehr gewechselt hatte. Der Atem geriet mir aus dem Takt, als meine Decke hochgehoben wurde und jemand sich neben mich legte. Ich fühlte zwei Brustspitzen am Rücken, eine leichte Hand auf meiner Seite und offene Lippen, die mir den Nacken hoch ins Haar fuhren. Ich atmete gleichmäßig und tief weiter, auf Teufel komm raus; ich würde weiterschlafen, ganz egal, was noch geschehen mochte – ich war nicht zuständig, nicht verantwortlich, bitte schön, ein harmloser Schläfer. Zwei harte Schenkel und ein weicher Bauch drängten sich an mich. Ich erschnupperte eine zarte Ginfahne und hielt still. Da drehten mich zwei Hände sachte auf den Rücken; sie gaben sich

Mühe, mich nicht aufzuwecken. Sachte sank ein sanfter Körper auf mich nieder und blieb ganz still sitzen. Ich fühlte die Hitze tief im Innern und rührte mich nicht. Lange blieben wir in dieser heiß-versteinerten Position wie ein in Lava gegossenes griechisches Fabelwesen. Dann begann sie ganz leicht und langsam vor und zurück zu wippen, ganz leicht und langsam, wie wenn sie schwanger wäre und ihr Kind in den Schlaf wiegen wollte. Sie ging in kreisende Bewegungen über, ich begann dem Kreisen sachte zu folgen, und irgendwann löste sich die Welt in einem Meer von warmem Licht auf. Der Körper sank still und schwer geworden auf mich nieder, ein Gesicht versteckte sich an meinem Hals. Ich deckte uns beide zu und schlief ein.

Im Morgengrauen erwachte ich, weil vor meinem Haus ein Motorrad dröhnte. Gut möglich, daß es eine 76er Harley-Sportster war.

8

Um Viertel nach acht holte Ingrid den Kleinen ab, und zehn Minuten später lief ich die Eisentreppe hoch zur Redaktion der ›Oltner Nachrichten‹. An der Eingangstür schlug ich mir fast den Schädel ein. Die Tür war wieder einmal verschlossen, und ich hatte meinen Badge nicht dabei, meinen elektronischen Schlüssel. Durch die Panzerglasscheibe schaute ich hinein zum Empfangsschalter. Ich hatte Pech: Heute saß Frau Studer am Empfang. Frau Studer sah mich nicht. Frau Studer übersah jeden, der blöd genug war, seinen Badge zu Hause liegenzulassen. Ich fuchtelte mit beiden Armen – Frau Studer sah mich nicht. Ich klopfte an die Scheibe – Frau Studer hörte mich nicht. Da setzte ich mich schuldbewußt und gedemütigt auf die Eisentreppe – und jetzt sah mich Frau Studer. An der Tür summte es eine Zehntelsekunde, dann war das Schloß offen. Ich trat ein, schlug den Blick nieder, murmelte »Danke« und wollte möglichst unauffällig an Frau Studer vorbeihuschen.

»Herr Mohn!« rief Frau Studer, ohne von ihrem Kreuzworträtsel aufzuschauen. Ihre Stimme war eine entsicherte Handgranate. »Der Chef erwartet Sie seit zwölf Minuten!«

Der Chef war tief über seinen Schreibtisch gebeugt. Mit spitzen Fingern stellte er eine Komposition von Güterwaggons hinter der Ae 3/6 aufs Gleis.

»Na, Max – hast du dein Zingg-Portrait geboren?« brüllte er, ohne von seiner Arbeit aufzuschauen.

»Nein, Chef, das ist es ja ...«

»Ja was! Noch nicht fertig?«

»Chef ...«

»Sprich dich aus, Max, sprich dich aus. Ich kann es nicht ausstehen, wenn die Leute herumdrucksen.«

»... ich möchte das Zingg-Portrait nicht schreiben.«

Jetzt schaute der Chef doch auf. Er legte die Güterwaggons hin und lehnte sich in seinem Sessel zurück. »Du willst das Portrait über den alten Zingg nicht schreiben?«

»Nein, lieber nicht.«

»Du willst überhaupt nichts über den alten Zingg schreiben?«

»Nein.«

Der Chef sah mich mitleidig an. »Du empfindest ein gewisses Ekelgefühl – ist es das?«

»Ja.«

»Du möchtest keine Werbung machen für diesen kleinkarierten Kulturspießer?«

»Nein.«

»Du möchtest gerne selber glauben können, was du berichtest? Du hast die Hoffnung noch nicht aufgegeben, daß es sinnvollere Dinge gibt, über die du schreiben könntest?«

»Ja.«

»Du willst keine Schreibnutte sein? Und auf keinen Fall willst du den Hampelmann spielen für meinen Schulkameraden Zingg und mich – ist es das?«

»Ja.«

»Und überhaupt geht dir die ganze korrupte Arbeitswelt

auf die Nerven? Und sowieso mußt du dir überlegen, ob du nicht doch zurück an die Uni sollst und dein Studium abschließen? Aber an die Uni willst du auch nicht mehr, weil die Leute dort noch spießiger sind als der alte Zingg und ich?«

»Ja.«

»Aber eigentlich hast du das alles schon mit sechzehn gewußt? Und du denkst oft: Wenn du nur in die Südsee geflohen wärst, wie du das damals vorhattest?«

»Ja.«

Da stand der Chef auf, lief um seinen Schreibtisch und umarmte mich.

»Ach, Max! Ich verstehe dich – wenn du wüßtest, wie gut ich dich verstehe! Ich verstehe dich wirklich, ach Gott! Was glaubst du, wie *ich* mich manchmal fühle? Meinst du, *mir* macht das alles immer Spaß hier? Ach, wie gut ich dich verstehe! Geh, Max, geh raus aus dem Büro und an die frische Luft!«

Überrascht schaute ich den Chef an. »Und das Zingg-Portrait?«

»Geh, sage ich – geh, solange du die Kraft dazu noch hast! Geh an die frische Luft – das hilft immer, wenn man den Koller hat! Mach dir einen schönen Morgen, tu irgendwas, das dir Spaß macht: Geh in die Sauna! Kauf dir eine Schallplatte! Iß ein Stück Schwarzwäldertorte! Kauf neue Lautsprecher für dein Autoradio! Und am Nachmittag kommst du wieder her und schreibst das Portrait über den Kulturspießer Dieter Zingg. Hundertachtzig Zeilen, ja? Sei so gut, bitte.«

9

20. Juli 1852. Der brandneue Schnellzug Alexandria–Kairo dampft auf glühenden Geleisen durchs Nildelta. Auf den heißen Blechdächern der Waggons sitzen die Passagiere dritter Klasse, ägyptische Bauern und Handelsleute. Der Rauch der Dampflok schlägt ihnen entgegen, mit großen baumwollenen Tüchern schützen sie ihre Ware vor der Mittagssonne. Unter dem Blechdach befinden sich die Abteile erster und zweiter Klasse. Hier sitzen die Mächtigen dieses Landes: die türkischen Soldaten, die Ägypten mit ihren Krummsäbeln im Namen des Sultans besetzt halten, und die britischen Geschäftsleute, die den Vizekönig von Ägypten, den Khediven, mit Geld gefügig machen.

Mitten unter ihnen befindet sich Werner Munzinger. Er ist jetzt zwanzig Jahre alt, spricht nach drei Jahren Studium fließend Arabisch und Hebräisch und will seine Kenntnisse mit einem Sprachaufenthalt in Kairo vervollkommnen. In seiner Brusttasche steckt sorgfältig verstaut ein Wechsel des Vaters, der für ein halbes Jahr reichen sollte. Werner schaut aus dem Fenster. Endlos ziehen die Weizen- und Baumwollfelder vorbei, auf denen die Bauern viermal jährlich ernten können. Ab und zu taucht ein Dorf aus ungebrannten Lehmziegeln auf. Zäune sind in der ganzen weiten Ebene nicht zu sehen. Damit das Vieh nicht wegläuft, binden die

Bauern ihre Tiere einfach aneinander. Werner sieht einer solchen Karawane nach: Zuvorderst grast ein Wasserbüffel, dann ein Kamel, zuhinterst ein Maulesel.

Stunden später kommt Kairo, der Zug hält, und Werner steigt aus. Ins Hotel will er jetzt noch nicht. Sein kleiner Koffer ist leicht genug für einen ausgedehnten Stadtrundgang. Kairo ist am späten Nachmittag ein einziger großer Jahrmarkt. Alle Welt trifft sich in den Straßen, um Handel zu treiben oder einen Schwatz zu halten. Die Fenster der Häuser haben hölzerne Erker und in deren Mitte eine kleine quadratische Luke, aus der da und dort eine verschleierte Gestalt in die Gasse hinunterspäht. Viele Straßen sind hoch oben von einer Häuserzeile zur anderen mit Binsenmatten überdacht, so daß es unten auf dem Pflaster angenehm schattig und kühl ist. Werner bahnt sich seinen Weg durch das Gewimmel. Bei jedem Schritt muß er einem Entgegenkommenden ausweichen, alle paar Meter einen Straßengraben überspringen oder einen am Boden liegenden Bettler umgehen. ›Wer hier blind ist, hat nichts zu lachen‹, denkt Werner, und er sieht Hunderte von Blinden, Männer, Frauen und Kinder, an sich vorbeiziehen; wie zerstochenes Eigelb sind ihre Augen ausgelaufen, als ein böser Wurm von innen ihre Augäpfel erreichte. Plötzlich kommen zwei Diener angerannt und vertreiben mit silberbeschlagenen Bambusstäben die Menschen von der Straße. Sie machen Platz für die türkische Kutsche, die viel zu schnell durch die enge Gasse fährt. Der Kutscher schreit, im Innern lehnen sich die vornehmen Türken stolz zurück und schauen mit Eroberermiene auf das Volk hinab. Werner geht weiter und gelangt in einsamere Viertel, wo viele Häuser leer stehen und aus schwarzen Fenstern drohend in die Straße hinunterstarren. Hier gibt es auch Ruinen von Moscheen, deren Kuppeln eingebrochen sind und rasch zu Wüstenstaub zerfallen. Endlich kommt er zur Zitadelle, dieser trotzigen Burg, die der mächtige Sultan Saladin vor siebenhundert Jahren hoch über der staubfarbenen Stadt errichten ließ. Im Hotel schreibt Werner ins Tagebuch:

Dort oben stand ich auf der Citadelle von Cairo, wo Mohammed Alis Grabmoschee auf die verfallende Stadt hintersieht. Es war ein Abend, wie sie der Orient so wunderklar hat. Noch stand die Sonne über dem Horizont, und ihre Strahlen hingen im Scheiden an den Hunderten von Minaretts. Es war ein Anblick, eigenthümlich schön, herrlicher, als was ich je gesehen: dort im Westen der über die Ufer getretene meergleiche Nil, der alte Befruchter des Landes; noch weiter gegen Abend die in den Wüstensand scharf gezeichneten Pyramiden, die schon andere Zeiten gesehen haben und noch manche Stadt und manches Volk vergehen sehen werden, und hier unter mir Kahira, die siegreiche Stadt der Kalifen. Welch ein Contrast, dort das Sinnbild der Ewigkeit, hier der Vergänglichkeit! – Die Sonne sank: Es dunkelt schnell im Orient. Da erhob sich mit Silberklang die Stimme des Gebetsrufers vom nächsten Minarett, und Hunderte ahmten ihn nach, singend: ›Allahu akbar! Gott ist groß! O Gläubige, betet: Es gibt nur einen Gott, und Mohammed ist sein Prophet!‹

Und Millionen beten zur selben Stunde im selben Glauben zum selben Gott in feierlichem Lobgesang. Die Töne steigen und fallen, wie sich die Betenden beugen und erhe-

ben; bald steigert sich der Choral zu den höchsten Brusttönen und füllt jauchzend die hohen Gewölbe, bald sinkt er hinab in melancholisches Alt und wird zu einem geisterhaften Murmeln und scheint zu ersterben. Dann erhebt er sich von neuem, Männer und Knaben unisono, und erlischt wieder, bis er sich in die eintönigen Schlußformeln auflöst. In dem von düsteren Lampen ungebrochenen Dunkel können die Töne ungestört zum Herzen vordringen. – Wann werden die Tage kommen, wo diese Stimmen schweigen, Cairo in Schutt liegt und im Lande der Muselmanen Europäer Gesetze geben? Wann wird dem Abendlande selbst die Stunde der Vernichtung schlagen? – Ich war erschüttert, ich mochte weinen.

10

Geh an die frische Luft und mach dir einen schönen Morgen, hatte der Chef gesagt. Ich lief an Frau Studer vorbei, die ihre Handgranaten gerade in den Telefonhörer schleuderte und keine Zeit für mich hatte. Mach dir einen schönen Morgen – gar nicht so einfach an einem eisigen Wintertag, wenn man weder Gleitschirm noch Delta fliegt, Schwarzwäldertorte nicht mag und keinerlei Vergnügen am Erwerb unnützer Dinge empfindet. Ziellos schlenderte ich stadteinwärts und überholte eine lange Schlange schleichender Autos, deren Leiber in der fahlen Morgensonne glänzten. Oder sollte ich tatsächlich in die Sauna gehen, wie mir der Chef empfohlen hatte? Schwitzen wie ein Schwein, während sich die Schwäne den Tod holten im eiskalten Aarewasser? Die Schwäne, das war's. Ich würde endlich nachsehen gehen, wie es ihnen in dieser Kälte erging.

In der Fußgängerzone stand ein Mann mit einer schwarzen Schreibmappe. Er hatte schwarze Augenringe und sah aus wie jemand, der viel älter aussieht, als er ist. Ich wechselte die Straßenseite, um ihm nicht zu nahe zu kommen. Der Mann wechselte ebenfalls die Straßenseite. Ich kehrte zurück auf meine ursprüngliche Seite. Er tat es mir nach. Da gab ich auf und ließ mich auf ihn zutreiben.

»Guten Tag«, sagte der Mann und sah mich mit seinen umschatteten Augen durchdringend an. »Haben Sie einen Moment Zeit?«

Ich brachte es nicht über mich, nein zu sagen, und blieb stehen. Er öffnete seine Mappe und zeigte mir Fotos von Kindern mit aufgeschlitzten Bäuchen, von Frauen, die mit einem Stück Stacheldraht um den Hals an einem Baum hingen, und von toten nackten Männern mit eitrigen Wunden am ganzen Körper. Das seien alles Leute aus seinem Dorf, sagte der Mann in schlechtem Deutsch, und deshalb kämpfe er gegen die Soldaten, die das getan hätten. Ich kämpfte gegen nichts als meine eigene Übelkeit, stellte zwei oder drei Fragen, und dann gab ich ihm zum Abschied zehn Franken, statt ihn um ein Maschinengewehr zu bitten.

Am Ende der Fußgängerzone führte mein Weg über die alte Holzbrücke. Abrupt blieb ich stehen: Im Gebälk des Ziegeldachs hockten Hunderte von Tauben, gleichmäßig verteilt über die ganze Länge der Brücke. Mißtrauisch beobachtete ich die Viecher im Halbdunkel, wie sie mit ihren runden Köpfen ruckelten und die roten Augen rollten. Welche Taktik hatten sie diesmal ausgeheckt, um ihre Feinde zu vernichten? Soviel war klar: Solange sie in der Höhe saßen, konnten sie mich nicht durch plötzliches Aufflattern aus dem Gleichgewicht bringen. Ich hörte zu, wie sie mit ihren verkrüppelten Füßen über die Balken tippelten, ich lauschte auf das schabende Geräusch der Federn, die über schuppige Taubenhaut strichen, ich ahnte den beständigen Nieselregen von abgestorbenen Hautpartikeln, schlierig-weißem Kot und allerlei Krankheitserregern – und ich beschloß, diese Brücke nicht zu überqueren. Entschlossen drehte ich mich um. Sollten die Schwäne eben alleine schauen, wie sie im Eiswasser der Aare zurechtkamen.

Ziellos schlenderte ich die Fußgängerzone wieder hoch. Der Mann mit den Augenringen würde mich diesmal passieren lassen, ohne mich in Verlegenheit zu bringen. Aber schon nach wenigen Schritten wurde ich erneut aufgehalten. Zu meiner Linken hatte ein Reisebüro drei Pyramiden aus Karton ins Schaufenster gestellt. Auf der mittleren Pyramide stand in fetten Lettern: »PREIS-SCHOCKER«, und darunter: »3 Tage Kairo nur 585.–«.

Türe auf, Türe zu. Eine Frauenstimme: »Guten Tag. Womit kann ich Ihnen dienen?«

»Ich möchte nach Ägypten.«

»Aber gerne.« Papiergeraschel. »Wir haben hier eine dreiwöchige Nilfahrt von Kairo über Luxor bis nach Assuan für 4857.–, oder da eine zehntägige Kreuzfahrt auf dem Roten Meer inklusive Badespaß auf Sinai für 2987.–, oder den Wüstentrip mit Kamel für ...«

»Ich möchte den Preis-Schocker. Drei Tage Kairo für nur 585.–.«

»Ach, Sie meinen das Angebot im Schaufenster. Nun, das würde ich Ihnen offen gestanden nicht empfehlen. Drei Tage sind doch etwas kurz für ein so großartiges Land wie Ägypten. Und bedenken Sie, daß die Preise ...«

»Ich will den Preis-Schocker.«

»... nur wegen der Bombenattentate der Islamisten so niedrig sind. Die Hotels in Ägypten stehen halb leer, weil die Amerikaner und die Briten ausbleiben. Dabei besteht längst keine Gefahr mehr. Sie sollten sich wirklich mehr Zeit nehmen und ...«

»Ich habe kein Geld und keine Zeit. Ich will den Preis-Schocker.«

»... auch an die Umwelt denken. Diese Pingpong-Flüge sind doch ökologisch betrachtet ...«

»Ich will den Preis-Schocker, und sonst gar nichts!« Eine männliche Faust saust auf den Schalter nieder. Es gibt einen ziemlichen Knall.

Papiergeraschel. »Wann möchten Sie reisen?«

»Weiß nicht. Am liebsten sofort.«

Geklapper einer Computertastatur. Dann die Frauenstimme, hörbar abgekühlt: »Ich kann Ihnen für heute nachmittag einen Last-Minute-Flug Zürich–Kairo retour für 285.– anbieten, zwei Übernachtungen mit Halbpension im Hotel Carlton inklusive. Aber Sie müssen in fünfundsiebzig Minuten am Flughafen sein. Paßt Ihnen das?«

Zweiundsechzig Minuten später stand ich mit meiner Reisetasche vor dem Check-in-Schalter. Ich war umzingelt von alten Menschen. Sie waren alle vollauf damit beschäftigt, auf ihre gewaltigen Koffer achtzugeben, die sie auf quietschenden Gepäckwagen vor sich herschoben. Die alten Leute schienen einander alle zu kennen; offenbar war ich in eine Seniorenreisegruppe geraten. Wenn sie sich auf die bevorstehende Reise freuten, so ließen sie sich das nicht anmerken. Vielmehr schien jeder in Sorge zu sein, daß das Flugzeug ohne ihn abheben oder etwa links oder rechts ein Gepäckwagen zum Überholen ansetzen könnte. Wieder einmal wunderte ich mich darüber, wie übel in diesem Land alte Menschen riechen. Der Atem meiner Reisegefährten roch nach Mißgunst und dem Staub auf vergessenen Kellerregalen; ihre Kleider verströmten den Geruch von Mottenkugeln und ängstlichem Kleinmut; unter plissierten Polyesterröcken müffelte es fischig nach Bigotterie und Doppelmoral, und aus hellgrauen Hosen dampfte der Dünkel jahrhundertealter Wohlanständigkeit. ›Lieber Gott‹, dachte ich und schloß die Augen zum Gebet. ›Bewahre mich armen Sünder von diesem Schicksal. Wenn Du tatsächlich vorhast, dereinst auch mich zum Greis zu machen, so bitte ich Dich um eines: Schenk mir Alterscharme und Lebensweisheit, o Herr, damit ich der Jugend zu Gefallen sein kann. Und falls das nicht möglich sein sollte aus genetischen oder irgendwelchen anderen Gründen, so ruf mich rechtzeitig zu Dir. Ich bitte Dich, gütiger Vater: Laß mich diese Kneipe hienieden verlassen, solange ich noch aufrecht gehen kann. Ruf mich nach Hause, wenn Feierabend ist.‹

Zweiundneunzig Minuten später strömten wir alle ins Flugzeug. Ich hatte Glück: Sitz Nummer 75f war ein Fensterplatz. Ich setzte mich hin und beobachtete, wie auf der Rollbahn winzige Autos zwischen den Silbervögeln hin und her wieselten. Auf den griesgrämigen Greis, der sich neben mich setzte, gab ich nicht acht. Ein Tankwagen fuhr vorbei. Hübscher Tankwagen, rotweiß kariert. Sind doch alles kleine Jungs, diese Flughafenleute. Wären gerne Piloten geworden und haben's nicht geschafft. Jetzt malen sie halt rotweiße Karomuster auf die Tankwagen. Dann rollte unser Flieger auf die Startbahn, die Beschleunigung drückte mich wohlig in den Sitz, und als wir die Wolken durchstießen, schlief ich zufrieden ein.

11

Sommer 1853. Der Wechsel des Vaters ist aufgebraucht. Werner Munzinger nimmt Abschied von Kairo und läuft zum Bahnhof. Aber sein Zug fährt nicht nach Alexandria, wo die europäischen Schiffe ankern, sondern ans Rote Meer, nach Suez. Dort liegt eine kleine, kaum zehn Meter lange Barke im Hafen und wartet auf den blonden Jüngling, der bemerkenswert gut Arabisch spricht und seinen Anzug schon längst gegen die Galabiya, das lange Gewand der Araber, eingetauscht hat. In Werners Gepäck befinden sich zwei Pistolen, ein Säbel und ein Brief von Walther.

4. Juni 1853
Lieber Werner!
Dein gewaltiges Unternehmen hat uns so in Alarm versetzt, daß ich gewiß jetzt noch nicht zu einem ruhigen Worte mit Dir kommen könnte. Was bin ich doch für ein armseliger Bursche! Einer, wie's noch Millionen gibt, und der doch anders sein möchte als diese Millionen – aber dieser Nebel in unserem grauen Heimathland drückt mich nieder. Du hingegen bist im Land des Sonnenscheins! Du wirst ungesehene Küsten und Länder sehen, das Rothe Meer mit seinen ersoffenen Ägypterbäuchen, den zornigen Sinai, Arabien, Arabien, das größte Prophetennest – Du, ein

einundzwanzigjähriger Alexander, eroberst die Welt, Du Kreuzfahrer mit der gluthvollen Wißbegierde im Herzen, Deinem unerforschlichen, mächtigen und sehnlichen Drange folgend, unser Leben mit seinen nichtswürdigen Tagtäglichkeiten abzuschütteln. Nach Arabien, nach Arabien ins Land der ... Ich weiß nicht mehr, wie's im Studentenlied heißt; ich besinne mich nur, daß es schließt: »Und wo die Karawane klagt.«

Ob ich mit Dir ziehen möchte? Oh, frage mich das nicht, es drückt mir die Kehle zusammen; mit einem Riesensprunge wollte ich alles überwinden, was mich von Dir trennt. Ich wollte es – und doch sollte es nicht so sein. Du hast Dir Dein Glück mit eiserner Beharrlichkeit und Geschicklichkeit erkämpft, während ich Deinen energischen Reiseprojekten widerstrebte. Ich wollte der Verständige sein, der nirgends anstoßen und beleidigen möchte, und habe Dich alleine übers Meer ziehen lassen. Du siehst, wie mir ist: Wie glücklich wäre ich, Dein Los zu theilen und mein gewiß paisibleres Leben an den Nagel zu hängen.

Und Du, denke nicht an Gefahren, denke nicht an die Furcht; es klang mir eine Stelle in Deinem letzten Brief so trüb und traurig, daß ich sie nicht wiederholen möchte. Denn es sagt mir ja mein Herz, daß wir dereinst zusammenleben werden, »fern vom Weltgeräusche«, wie Du es Dir wünschst. Dann werden wir in einem schattigen Gartenhäuschen an schönen Abenden bei einem Becher glührothen Weines und feinem türkischen Tabak zusammensitzen und uns unterhalten über Deine Weltreise, Deine Erlebnisse und Deine neuen Ideen ... Was alles kommt mir da in den Sinn! Aber schau, das sage ich Dir – es wird einmal so sein:

Wir kommen und müssen wieder zusammenkommen, und sei es in Deinem Arabien selbst. Jedenfalls, wenn Du als Handlungsherr einmal einen faulen Commis nöthig hast, so schreibe mir nur; wenn die Jurisprudenz keinen goldenen Berg bringt, und das wird sie schwerlich, so fliegt der Vogel doch noch einmal aus.

Schick uns ja fleißig Nachrichten über Dich und trage Sorge zu Dir, sei vorsichtiger, als Du je warst, denn wir wollen Dich wieder einmal gesund und frisch in unserem Familienkreis aufnehmen.

Dein Bruder Walther

Werner soll im Auftrag der französischen Handelsgesellschaft Dupont & Cie. alle großen Marktplätze am Roten Meer besuchen und nach günstigen Geschäften Ausschau halten. Bei Sonnenuntergang geht er an Bord, nach Mitternacht kommt endlich die Flut. Die sechs arabischen Matrosen setzen die Segel und lichten den Anker, und dann treibt die Nußschale aufs offene Meer hinaus. Es weht ein günstiger Nordwind, das Schiff kommt unter dem Sternenhimmel schnell voran. Werner Munzinger schläft nicht in dieser Nacht. Er setzt sich zuvorderst in den Bug, entkorkt eine Flasche Honigwein und beobachtet, wie rechts die Küste Afrikas und links die Berge des Sinai vorbeiziehen. Schon bald ist es still auf dem Boot. Die Matrosen schlafen im ungedeckten Schiffsrumpf, nur durch wenige Zentimeter Holz getrennt von den gurgelnden Wassermassen. Einzig der Steuermann steht aufrecht auf seinem kleinen Achterdeck, hält das Steuerruder fest eingeklemmt zwischen Brust und Oberarm und singt ein trauriges Lied von Liebe und Tod.

Werner hört ihm und dem Plätschern des nachtschwarzen Wassers zu. Eine kühle Meeresbrise streicht ihm über die Haut – welche Wohltat nach dem langen Wüstensommer in Kairo! Aber hat er wirklich die richtige Entscheidung getroffen? Dupont & Cie. bezahlt ihn gut für die Expedition. Sind ja auch auf ihn angewiesen, die Franzosen. Hat schon einmal jemand einen Franzosen mit Fremdsprachenkenntnissen gesehen? Aber daß es ausgerechnet eine Handelsreise sein muß! Ein Händler, ein Krämer will er ja nun wirklich nicht werden, da könnte er genausogut in Tante Ursulas Spezereiladen Seife, Kerzen und Gewürze verkaufen. Andrerseits: das Rote Meer, Arabien, Afrika! Immerhin ist er unterwegs zu den weißen Flecken auf der Landkarte, gänzlich fremde, unbekannte Orte wird er sehen. Zwar: Was heißt schon fremd, was unbekannt! Überall leben Menschen, und allen ist ihre eigene Heimat ganz selbstverständlich und vertraut. Man kann gehen, wohin man will, jeder Ort ist überzogen mit einer dicken Kruste von tausend Jahren Geschichte, und die Menschen laufen, wohin der Wind sie bläst. Ein wirklich gänzlich neuer, unbekannter und windstiller Ort – das könnte nur ein Ort sein, an dem noch nie eine Menschenseele hauste. Aber ein Ort ohne Menschen ist doch kein richtiger Ort. Und doch – was schwatzt Werner da! Hat ihm die Sonne das Gehirn verbrannt? Ist er vom Honigwein verblödet?

Werner weiß, was auf ihn zukommt: Das Rote Meer ist voller Klippen und heimtückischer Sandbänke, der Grund ist bedeckt mit vermoderten Schiffen und den Leichen unglücklicher Seeleute. Die Küste ist auf der afrikanischen wie der arabischen Seite wüst und wasserarm, bewohnt von

Skorpionen, Schlangen und räuberischen Beduinenvölkern. Aber die Natur hat diesen Landstrich auch reich beschenkt, und Werner Munzingers Einkaufszettel ist lang: Gummi, Myrrhe, Weihrauch; Perlen, Perlmutt und Schildpatt; Durra, Reis, Datteln; Baumwolle, Kaffee, Pfeffer.

Ein Schwarm von sieben Delphinen überholt das Schiff. Werner greift zu einer zweiten Flasche Honigwein, und schon bald wird es hell über dem Sinai. Die Sonne geht auf – und da versteht Werner Munzinger, woher das Rote Meer seinen Namen hat: Denn während das Wasser noch immer nachtschwarz unter den Schiffsbohlen gurgelt, entzünden sich die eisenhaltigen Sandsteinfelsen in brennendem Rot. Als die ersten Sonnenstrahlen das Schiff treffen, wachen die Matrosen auf, und Werner legt sich endlich im Schatten des Segels schlafen.

Irgendwann geht ein Ruck durch das Schiff. Werner schlägt die Augen auf und sieht weißgetünchte Häuser, eine Menge Menschen und zum Greifen nahe einen Esel.

»Steuermann! Wo sind wir? Warum haben wir angelegt?«

»Wir sind im Hafen von El Tûr, Herr, am Fuß des Sinai. Die Matrosen sind hier zu Hause. Sie sind an Land gegangen, um ihren Frauen und Kindern Lebewohl zu sagen.«

»Wann kommen sie wieder an Bord?«

»Vor morgen früh bestimmt nicht. Es steht uns allen eine lange und gefahrvolle Reise bevor.«

Werner seufzt, steht auf und klettert die Strickleiter hoch auf den Quai. Neben dem Esel kauert ein faltiges Männchen mit weißem Spitzbart. Werner zieht eine Silbermünze hervor. »Leihst du mir deinen Esel, Väterchen?«

»Kommt drauf an, was du mit meinem Esel anstellen willst, Söhnchen.«

»Reiten will ich deinen Esel. Ist dir das recht?«

»Kommt drauf an, wohin du meinen Esel reiten willst.«

»Das weiß ich nicht, Väterchen. Ich werde einfach drauflosreiten und schauen, wohin dein Esel mich trägt.«

»Dann leihe ich dir meinen Esel nicht. Mein Esel will, daß man ihm den Weg zeigt.«

»Aber ich kann deinem Esel den Weg nicht zeigen, weil ich mich hier nicht auskenne. Schau, Väterchen: Mein Schiff ist eben erst angekommen, ich bin zum ersten Mal in meinem Leben hier, und morgen früh fahre ich weiter.«

»Dann brauchst du auch meinen Esel nicht.«

»Hab Erbarmen, Väterchen! Ich bin allein auf dem Schiff, und in der Stadt kenne ich keine Seele. Wenn du mir deinen Esel nicht leihst, langweile ich mich zu Tode.«

Der andere sieht müde aufs Meer hinaus. »Wenn du kein Ziel hast, brauchst du meinen Esel nicht.«

»Dann gib du mir ein Ziel! Sag mir, wohin ich reiten soll, und ich werde auf dem direktesten Weg dorthin reiten – wenn du mir deinen Esel leihst.«

Das Männchen schnalzt mit der Zunge. »Meinetwegen. Dann geh in Allahs Namen hinauf zu den Gärten des Katharinenklosters und such die warmen Quellen. Das gefällt solchen Jüngelchen, wie du eines bist.«

»Danke, Väterchen! In welche Richtung soll ich reiten?«

»Mach dir darüber keine Gedanken. Mein Esel wird dich schon hinbringen.«

Der Esel richtet sich präzis gegen den höchsten Gipfel des Sinai aus und tippelt los, vorbei an den Fischern auf dem Quai, die im Schneidersitz ihre Netze flicken, vorbei an den dunklen Pilgerkneipen, wo abgemagerte Gestalten ihre dünne Suppe schlürfen. Der Esel läßt die weiße Stadt hinter sich und läuft in der Nachmittagshitze hinaus in die Wüste, den Kopf immer vornübergesenkt, wie wenn er mit seinen langen Ohren den majestätisch aufragenden Sinai aufspießen wollte. Und plötzlich ist da ein Palmenwäldchen, ein reizendes Wäldchen von ein paar hundert schlanken Palmen, die voll der herrlichsten gelben und roten Datteln hängen. Der Esel läuft geradeaus in den verstecktesten Winkel des Wäldchens. Dort steigt mächtig eine Felswand empor bis zum höchsten Gipfel des Sinai, wo einst Moses die Gesetzestafeln entgegennahm. Ganz zuunterst aber ist der Stein gebrochen, und dampfend warmes Wasser quillt heraus in einen kleinen See. Werner Munzinger steigt ab. Er ist allein; schnell zieht er sich nackt aus, wirft die Kleider auf den Sattel des Esels und läßt seinen weißen Leib ins türkisfarbene Wasser gleiten. Kopf und Schultern bettet er aufs moosige Ufer, Arme, Bauch und Beine treiben wie Seerosen auf dem Wasser. Die Singvögel jubeln, zwischen den Bäumen weiden die Schafe, das Dach der Palmenblätter wirft einen kühlen Zebraschatten auf den Boden, und gleich neben Werner fallen honigsüße Datteln ins Wasser. ›Hier bleibe ich‹, denkt Werner. ›Hier bleibe ich liegen, bis ich ganz und gar mit Moos überwachsen bin.‹ Da spitzt er die Ohren – was ist das? Musik? Hier, in dieser Abgeschiedenheit? Die Klänge kommen näher; kein Zweifel, da singt jemand, und zwar voller Andacht und Hingabe: »Laudate Dominum, quoniam bonus est psalmus ... Per misericordiam tuam, Deus noster ...« Zwischen den Palmenstämmen taucht eine braune Mönchskutte auf, tritt ans Seeufer und läuft auf Werner Munzinger zu.

›Jetzt bin ich halt nackt‹, denkt Werner, dessen Kleider sich auf dem Rücken des Esels irgendwo im Wäldchen verloren haben. ›Soll mich dieser Mönch eben sehen. Wenn ich aus dem Wasser steige, werde ich nur noch nackter.‹

Die Ärmel der Mönchskutte sind ineinander verschränkt, die Kapuze ist so weit vornübergezogen, daß vom Scheitel bis zur Sohle kein Fleckchen Haut zu sehen ist. Der Gesang verstummt. Endlich ist die Gestalt da und kauert sich neben Werner ins Moos. Jetzt erst kann Werner in der Tiefe der Kapuze ein Gesicht erkennen. Es ist das hübsche Gesicht eines jungen Griechen, umrahmt von schwarzen, vollen Locken. Eingehend und freundlich betrachtet der junge Grieche den Fremdling, dessen Nacktheit er gar nicht zu bemerken scheint. Werner Munzinger seinerseits wundert sich über dieses ebenmäßige und friedfertige Antlitz in der Mönchskutte. Wie alt er wohl sein mag? Dieser Mönch sieht aus wie einer, der ein Leben lang jung, unschuldig und wohlduftend bleibt, um schließlich mit hundertzwanzig Jahren schnell, geruchlos und lächelnd zu sterben. Wahrscheinlich der Klostergärtner, der nichts anderes zu tun hat, als hier jahrein, jahraus den Dattelpalmen beim Wachsen zuzuschauen. Beneidenswert.

Werners blaue Augen treffen auf den dunklen Blick des Griechen. ›Warum begrüßt er mich nicht?‹ denkt Werner, der noch immer lang ausgestreckt im Wasser liegt. Wahrscheinlich denkt der Grieche dasselbe, und so ist es schon bald für alles Reden zu spät. Nach langem Schweigen löst sich Werner von den Augen des Griechen; sein niedergeschlagener Blick streift die eigene schmale Brust und den Penis, der in der Strömung wogt wie ein Stück Seetang. Er möchte weglaufen, sich bedecken, eine Pistole in der Hand halten – und bleibt doch im Wasser liegen. Steif wie ein Brett dümpelt Werner im Wasser, versucht dem Griechen möglichst gelassen unter die Kapuze zu schauen. Der Mönch bemerkt den verlegenen Blick und errötet. Er steht auf und dreht sich um. Gemessenen Schrittes zieht er los, und Werner Munzinger hört wieder diesen himmlischen Tenor: »Vide, Domine, et considera ...«

12

Nach vier Stunden Flug, dreißig Minuten Taxi und fünfundvierzig Sekunden Lift saß ich auf der Dachterrasse des Hotel Carlton mitten in der Kairoer Innenstadt. Vor mir stand ein eisgekühltes Heineken-Bier in dieser freundlich grünen, so wohlvertrauten Dose, die auf der ganzen Welt genau gleich aussieht und zuverläßig exakt den gleichen Saft enthält. In der Straßenschlucht tief unten pulsierten Tausende von Taxis wie die roten Blutkörperchen im Schulfernsehen. Ich schaute hinüber zu den Hochhäusern, welche Italiener, Griechen, Franzosen und Briten noch vor der arabischen Revolution von 1952 gebaut hatten; wie gestrandete Ozeanriesen standen sie einträchtig in der flimmernden Hitze, umspült vom endlosen Meer der arabischen Quartiere – Queen Mary neben Titanic, Ile de France neben United States und Andrea Doria. Die Hochhäuser zerbröselten langsam unter der sengenden Sonne; da und dort waren die obersten Stockwerke schon zerfallen, und aus dem Geröll wuchsen windschiefe Holz- und Strohhütten. Da lag eine Ziege im Schatten eines Wellblechdachs, auf dem nächsten Hochhausdach melkte jemand ein Schaf, und auf dem übernächsten irrte ein Dutzend Hühner umher.

Noch stand die Sonne knapp über der graubraunen Dunstglocke, die hartnäckig wie ein böses Gerücht über der

Stadt lag, scharf hob sich die Felsnadel des sechsunddreißigstöckigen Hotel ›Hilton-Ramses‹ vom Abendrot ab. Gleich dahinter mußte der Nil liegen, und fünfzehn Kilometer weiter, wo die Wüste beginnt, standen wohl die drei großen Pyramiden. Aber ich konnte sie nicht sehen, mein Blick verlor sich auf halbem Weg im Dunst der Abgase.

Die Sonne sank: Es dunkelt schnell im Orient. Da erhob sich scheppernd und aus hunderttausend Lautsprechern die Stimme des Gebetsrufers: »Allahu akbar! Gott ist groß! O Gläubige, betet: Es gibt nur einen Gott, und Mohammed ist sein Prophet!«

Und im selben Moment warfen sich in der ganzen Stadt Millionen von Männern zu Boden; in improvisierten Gebetsstätten mitten auf der Straße, in prächtigen Moscheen, die saudische Scheichs mit Öl-Dollars gebaut hatten, überall beteten Menschen im selben Glauben zum selben Gott in feierlichem Lobgesang. Ihre Stimmen vermischten sich mit dem Tosen und Hupen der Taxis, deren ewiger Strom nicht einmal zur Gebetsstunde versiegt. Alle beteten, nur ich nicht. Verlegen warf ich einen Blick zum Kellner hinüber – er war weg. Ganz allein saß ich da mit Alkohol und Tabak. Mißmutig schob ich Dose, Glas, Zigaretten und Streichhölzer weit von mir weg, legte Geld auf den Tisch und ging.

Gleich vor dem Carlton führte der Boulevard des 26. Juli durch. Auf vier Spuren strömten die Autos dem Nil entgegen, und zwar Stoßstange an Stoßstange, Türgriff an Türgriff, und ziemlich schnell. Auf dem Gehsteig standen ein paar Männer in bodenlangen Gewändern, spähten die Straße hoch und warteten auf ihre Chance. Und wenn ein Taxichauffeur auch nur einen Meter Abstand zwischen sich und dem Vordertaxi ließ, so sprang ein Mann in die Lücke, überwand die erste Kolonne, um vor der zweiten auf seine nächste Chance zu warten, während die Dieselmotoren zentimeterknapp an ihm vorbeidröhnten. Ich schaute zu, wie die Männer geschickt von Lücke zu Lücke hüpften; es war wie ein Computerspiel, außer daß hier jeder nur ein Leben zu verspielen hatte. Und wie im Computerspiel gab es auch auf dem Boulevard des 26. Juli die großen Zerstörer. Das waren die dunkelblauen Stadtomnibusse, die mit siebzig Stundenkilometern über den Asphalt donnerten und alles weghupten, was sich ihnen in den Weg stellte. Die Busse ließen keinen Zweifel daran, daß sie niemals anhalten würden, nur weil ihnen etwas so Kleines wie ein Mensch, ein Fahrrad oder ein Mittelklassewagen unter die Räder geriet. Irgendwann gelangte auch ich auf die andere Straßenseite, und zwei Minuten später hatte ich mich hoffnungslos verlaufen. Während die Nacht aus den Ecken unbeleuchteter Hinterhöfe kroch und die Häuser immer niedriger wurden, sah ich Menschen: einen bärtigen Alten, der mich zahnlos anlachte, etwas brabbelte und mit seinem Stock immerfort gen Himmel deutete; ein tief in rotweißes Tuch gehülltes Mädchen, das frech unter seinem Schleier hervorblinzelte; eine alte Frau, die in einem wassergefüllten Blecheimer drei Kalbsfüße zum Verkauf anbot; zwei junge Männer, die in sehr bunten Hemden und Hosen händchenhaltend vor mir hergingen; einen am Boden liegenden Bettler mit schwarz geschwollenem Fuß, in dessen rissiger Haut Fliegen ihre Eier ablegten; zwei saudische Prinzen mit ihren weißen Kopftüchern, die blasiert und verklemmt durch die Menge stolzierten; einen landlosen Bauern, der fünf Schafe durch die Stadt trieb; eine obdachlose Mutter, die sich zusammen mit ihren zwei Kindern in ein schwarzes Tuch wickelte und zum Schlafen in den Straßengraben legte. Ich sah die kleinen schwarzen Militärpolizisten, die an jeder Straßenecke standen, die fliegenden Orangensafthändler, die rotgebrannten europäischen Touristen, die Juden mit ihren Schläfenlocken, die weißen Diplomatenkinder mit ihrem Selbstbewußtsein und ihren Kindermädchen, die Schwarzafrikaner in ihren leuchtenden Gewändern, die Männer in den Straßencafés, und ich setzte mich zu ihnen, bestellte einen Kaffee und eine Wasserpfeife – und war glücklich.

13

Auf dem Weg in den Süden hat Werner Munzinger den Sinai weit hinter sich gelassen. Das Schiff folgt der arabischen Küste, wo das Meer so seicht ist, daß man vom Schiff aus das Farbenspiel der Korallenbänke beobachten kann. Am 17. August 1853 erreicht das Schiff den Wendekreis des Krebses und damit die Tropen. Aus dem Süden bläst ein heißer Monsunwind und peitscht meterhohe Wellen vor sich her, das Schiff torkelt wie betrunken vorwärts, die Sonne geht blutrot unter im strömenden Regen, vom afrikanischen Festland spannt sich ein gewaltiger Regenbogen weit ins Meer hinaus, und Werner kotzt und würgt bis zur Erschöpfung. Als es dunkel wird, essen die Matrosen Reis aus bruchfesten, hölzernen Schalen. Werner Munzinger will nichts, überhaupt nichts mehr. Wie hingemordet liegt er ganz nah beim Mittelmast, wo das Schiff am wenigsten schaukelt, und der Regen prasselt auf sein Gesicht.

Fünf Tage später läuft das Schiff in der Pilgerstadt Janbo ein. Als das Schiff endlich fest am Quai vertäut ist, rappelt sich Werner Munzinger wieder auf.

»Sag mir, Steuermann: Warum baden hier so viele Männer im Hafen?«

»Das sind die Mekka-Pilger, Herr. Sie haben den größten Teil ihrer Wallfahrt hinter sich. Hier tauchen sie ins Meer

ein, um sich von den letzten Sünden reinzuwaschen. Dann verschenken sie ihre Kleider und Schuhe. Als Zeichen der Reinheit wickeln sie nichts als ein Stück weißes Tuch um den Leib. Ohne Kopfbedeckung und barfuß laufen sie dann das letzte Wegstück bis nach Mekka.«
»In dieser Hitze?«
»Landeinwärts brennt die Sonne noch viel heißer, Herr. Die meisten tragen schreckliche Verbrennungen und einen schlimmen Sonnenstich davon.«
Werner Munzinger zieht seine Stiefel an und steht auf.
»Geh nicht an Land, Herr!« sagt der Steuermann.
»Wieso nicht?«
»Janbo ist das Tor zu Mekka und Medina, den heiligen Stätten des Islam. Da sind Christen nicht gern gesehen. Es könnte für dich sehr gefährlich werden!«
Werner steckt seine zwei Pistolen in den Gurt und läuft auf klapprigen Beinen zur Strickleiter. »Das ist mir einerlei, Steuermann. Land ist Land – ich will jetzt endlich wieder festen Boden unter den Füßen haben.«
Besorgt blickt der Steuermann der schwarzen Galabiya Werner Munzingers nach, die schnell im Gewimmel der weißgewandeten Mekka-Pilger verschwindet. Aber es dauert nicht lange, bis Werner wieder auftaucht, ziemlich verschwitzt und aufgeregt. Er klettert an Bord, zieht sein Tagebuch aus dem Gepäck und schreibt:

Die Einwohner sind fast alle mit einem mannshohen soliden Stock bewaffnet, der unten mit Silberfäden verziert ist. Die Beduinen dagegen haben immer Säbel und Lanzen bei sich, und Luntengewehre sind nicht selten. Ich spazierte über

*den engen, schmutzigen Markt und mußte hören, wie die
Kinder schrien: Ist kein Knüttel da, diesen Ungläubigen tot-
zuschlagen? Ich that, als ob ich nichts verstände. Man muß
dergleichen gleichmüthig zu ertragen wissen, wenn man im
Orient reist.*

Weiter geht die Reise entlang der arabischen Halbinsel.
Werner Munzinger sieht Sklavenschiffe, die junge Neger-
mädchen für die arabischen Harems und kräftige Männer
für das türkische Heer geladen haben. Er spaziert über die
Märkte, begutachtet Perlen und Schildkrötenpanzer, läßt
Kaffeebohnen durch seine Finger rieseln, notiert Preise,
fragt nach Herkunft und Qualität, kauft da und dort ein
Muster und schreibt jeden Abend einen Rapport für Dupont & Cie.

Am 8. September 1853 gerät Arabien außer Sichtweite.
Munzingers Schiff überquert das Rote Meer und erreicht
nach zwei Tagen die afrikanische Küste bei Umm-el-Grush
(Mutter der Haifische, die hier wirklich sehr zahlreich sind).

Seit über einem Monat ist Werner Munzinger unterwegs,
tausenddreihundert Kilometer hat ihn sein Schiff südwärts
getragen. Noch zwei Wochen Fahrt, dann läuft er in Massaua ein, dem Ziel seiner Reise. Aber jetzt schon ist es un-
erträglich heiß, viel heißer als an der arabischen Küste. Und
jeden Tag klettert die Quecksilbersäule in Werners Reise-
thermometer noch ein paar Millimeter höher, jeden Tag
werden die Risse in den ausgetrockneten Lippen tiefer, die
Stiefel passen längst nicht mehr an die geschwollenen Füße.

Am Nachmittag des 26. September ist es soweit: Im flimmernden Süden tauchen drei kleine flache Inseln auf, die ei-

nen Kilometer vor der Küste knapp aus dem Wasser ragen. Darauf stehen dreihundert viereckige Strohhäuser mit spitzen Dächern, dazwischen ein paar weißgetünchte Lagerhäuser aus Stein. Das ist Massaua, die wichtigste Hafenstadt Abessiniens. Hierher ziehen die Karawanen aus den Tiefen Afrikas, um Sklaven, Elfenbein, Kaffee und Gold zu verkaufen. Und hierher kommen seit tausend Jahren die Handelsschiffe aus Arabien, Indien und China, um sich mit den Schätzen Afrikas einzudecken. Werner steckt seine Pistolen ein und steigt an Land, bereit, die üblichen Schimpftiraden über sich ergehen zu lassen. Vom Quai geht er vorsichtig stadteinwärts durch eine staubige Gasse, die Hände immer wachsam in Pistolennähe.

Dicke Kaufleute schnaufen in prächtigen Seidengewändern vorbei, junge Mädchen kichern unter schwarzen Schleiern in Werners blaue Augen, nackte Kinder laufen ihm johlend voraus – aber keiner will ihn totschlagen, niemand schreit nach einem Knüppel, keiner schimpft ihn einen ungläubigen Hund! An jenem Steinhaus da vorne hängt das Firmenschild von Dupont & Cie. Dort wird Werner Quartier beziehen – nur für ein paar Tage, wie er glaubt.

14

Express
Hotel Carlton
Kairo, 13. Februar 1996

Liebe Polja,

die Pyramiden sehen wirklich aus wie auf den Fotos. Ich bin heute nachmittag mit dem Taxi hingefahren. ›Das sieht ja ganz wie die Pyramiden von Giseh aus!‹ dachte ich erstaunt – und dann wunderte ich mich, daß ich staunte. Weshalb sollten die Pyramiden von Giseh anders aussehen als auf den Fotos? Und ich begann mich zu langweilen.

Gleich beim Taxistand gab es einen Ticketschalter; die Pyramiden kosteten Eintritt. Langsam ging ich über die staubige Straße auf die drei dicken Dreiecke zu. Im Geröll links von der Straße kauerte ein gesichtsloses Tier, ganz aus Stein und ziemlich groß. Aha, der Sphinx, dachte ich und ging weiter, vorbei an Dutzenden von Kamelen, die auf Touristen warteten und stark nach Zirkus rochen.

Dann war ich am Fuß der Cheopspyramide. Das ist die ganz rechts auf dem Foto. Sehr groß. Wirklich sehr, sehr groß. Man stelle sich die armen Sklaven vor, die Plackerei in der Hitze, die schweren Steine. Weiter zur Chephrenpyramide und hinüber zu der des Mykerinos. Ungeheuer viel Stein wurde da aufeinandergeschichtet. Eigentlich zum

Lachen, wenn man's von nahe betrachtet. Diese Arbeit, diese Mühe, für nichts und wieder nichts. Aber da, was war das? Gleich hinter der Mykerinospyramide standen drei winzige Bonsaipyramiden, jede einzelne kaum größer als ein Einfamilienhaus. Die drei Winzlinge sieht man kaum je auf einem Foto, seit der Erfindung der Fotografie verpassen sie den Bildrand immer um wenige Zentimeter. Ich fragte einen Fremdenführer, und jetzt weiß ich Bescheid: Die drei Bonsaipyramiden hat der alte Mykerinos für seine Lieblingsfrauen bauen lassen. Langsam und liebevoll umkreise ich jede einzeln. Offen gestanden glichen sie nur entfernt den drei großen Männerpyramiden; der Zahn der Zeit hatte übel an ihnen genagt und jede Geometrie zum Verschwinden gebracht. Die Frauenpyramiden waren von außen betrachtet nicht viel mehr als drei öde Steinhaufen, die langsam, aber stetig dem Wüstenboden entgegenbröselten. Und doch gefielen sie mir, wie sie da lässig und ungepflegt im Schatten der großen Stars standen; eine von ihnen wollte ich unbedingt besteigen. Nach eingehender Prüfung wählte ich die kleinste und hinterste.

Als ich auf der Spitze ankam – nein: eine Spitze hatte das arme Ding seit Jahrtausenden nicht mehr –, als ich zuoberst ankam, legte ich mich keuchend in den Schatten eines gut erhaltenen Felsquaders, ließ den Wüstenwind über mein Gesicht streichen und schloß die Augen zum Mittagsschlaf. Die kleine Pyramide unter meinem Rücken fühlte sich gut an. So eine würde ich mir auch gefallen lassen, falls ich wider Erwarten tatsächlich einmal sterben sollte. Es mußte wirklich nicht so ein großartiges Ding sein wie die des Cheops oder des Chephren; ich wollte gar keines von diesen

Fotomodellen, die bei jedem mit aufs Bild gehen. Mit dem Daumen strich ich an einer scharfen und fadengeraden Kante entlang. Ich lächelte mit geschlossenen Augen: Da hatte ein Steinmetz gute Arbeit geleistet vor viertausend Jahren. Ich grüßte über die Jahrtausende hinweg den drahtigen kleinen Ägypter, der hier seinen Schweiß vergossen hatte, ich lauschte dem Ting-Ting seines Meißels, ich roch den scharfen Geruch seiner sonnenverbrannten Haut, und als im Westen die Sonne unterging, folgte ich ihm hinunter ins Camp, wo der Koch in einem riesigen Messingtopf Zwiebelsuppe für zehntausend Fronarbeiter zubereitet hatte. Ich stellte mich in der Warteschlange an und witzelte ein wenig mit den anderen Arbeitern, während der Wind unsere verschwitzten Körper trocknete. Ich streckte dem Koch mein tönernes Schälchen hin, und er schöpfte mir mein Abendbrot mit einem hölzernen Löffel. Als der Mond aufging, lief ich hinüber ans Ufer des Nils und rief: »Polja! Polja!« Ich entdeckte Dich einige hundert Schritte flußaufwärts, wie Du gerade Deine Barke ins Wasser stießest. Du winktest mir zu, ich lief zu Dir, Du machtest die Leinen los, und wir fuhren auf und davon.

              Bis bald
              Max

PS: Ich glaube, es würde Dir hier gefallen. Ich wohne im Hotel Carlton.

15

Weihnachten 1853. Drei Monate sind vergangen, und Werner Munzinger steckt immer noch in Massaua fest, diesem verlausten und flohverseuchten Nest. Ein ganzes Jahr muß er noch bleiben und für Dupont & Cie. Einkäufe tätigen. Dabei hat er längst genug. Die ewigfeuchte Hitze geht ihm auf die Nerven, die tagsüber oft 50 Grad Celsius erreicht und abends kaum je unter 35 Grad absinkt. Vom brackigen Trinkwasser, das die Wasserverkäufer in Lederschläuchen vom Festland herüberrudern, hat Werner namenlosen Durchfall. Seit Wochen hat er nicht mehr richtig geschlafen, ständig wach gehalten von Ungeziefer, Magenkrämpfen und der aschgrauen Hitze. Wie alle Einwohner Massauas schläft er vor der Tür; jeden Abend schleppt er sein Bett vors Haus, um bereit zu sein, falls einmal eine kleine Brise seinen schweißgebadeten Körper kühlen wollte. Werner wird übellaunig und böse gegen die Menschen. Er schreibt in sein Tagebuch:

Die Männer haben in ihrem Gesicht einen Ausdruck von Weichlichkeit und Friedfertigkeit, der ihrem Charakter vollständig entspricht. Alles ist ästhetisch, in allem mäßig, ohne Excess im Guten wie im Bösen. Aber auch männliche Offenheit ist selten, schmeichlerische Falschheit ein Grund-

zug des hiesigen Volkscharakters. Hingebung und Aufopferung für den Nächsten, Threue bis zum Tode muß man hier nicht erwarten: Der Mangel an energischer Männlichkeit läßt ebensowenig Tugenden als Laster aufkommen und wird zu einem vorsichtigen gemäßigten Egoismus.

Aber am meisten zu schaffen macht ihm das Lagerhaus, das er bis unters Dach mit nutzlosem Plunder füllen soll – dieses endlose Feilschen mit Geld, das ihm nicht gehört, um Dinge, die ihn nicht interessieren! Was kümmert ihn, ob die Damen der französischen Gesellschaft Perlen auf dem faltigen Busen tragen? Ist er ans andere Ende der Welt gefahren, um ein verlaustes Steinhaus mit Schildkrötenpanzern zu füllen?

Zu Hause ist jetzt Weihnachten. Gewiß liegt Schnee auf den Hügeln um Olten. Die Menschen tragen wollene Handschuhe, und es dampft aus ihren Mündern. Ob Großmutter die Weihnachtsgans schon in den Ofen geschoben hat?

Munzinger läuft zu seinem Boot und rudert hinüber ans Festland. Südlich der Stadt erhebt sich ein kleiner Berg, auf dessen Spitze immer der Seewind weht. Von hier aus überblickt Werner ganz Massaua, und wenn von Norden her ein Schiff käme, das einen Brief aus der Heimat an Bord hätte...

Werner bleibt auf seinem Aussichtspunkt, bis der Abend naht und in den Bergen ein vielstimmiges Heulen und Bellen anhebt. Das sind die Schakale und Hyänen, die sich erst in der Dämmerung aus ihren Schlupfwinkeln hervorwagen. Im letzten Tageslicht zieht er Papier und Bleistift hervor und schreibt:

Massaua, 24. Dezember 1853

Lieber Walther!

Und wieder habe ich einen ganzen Tag auf ein Lebenszeichen von meinen Liebsten gewartet! Es sind nun schon zwei Monate vergangen, ohne daß ich einen Brief von Euch erhalten hätte. Ich kann nur hoffen, daß Ihr alle wohlauf seid. Ich für meinen Theil schlage mich recht ordentlich durch; Du weißt ja, daß der Commerz meine Passion nicht ist. Sobald ich aber mein Contor für einen Tag oder zwei verlassen kann und ans Festland rudere, bin ich für meine Mühsal reich entlöhnt. Denn das Tiefland Abessiniens ist von einer Schönheit, die ich mir in den kühnsten Träumen nicht hätte ausmalen können. Aber wehe! Da lauert die geringelte Boa auf dem schmalen Weg; da ist das Jagdgebiet des Löwen, und der Elephant weidet friedlich; da schreckt dich das bleiche Fieber aus dem paradiesischen Traum. Die Natur will den Menschen hier nicht zum Zeugen ihrer Pracht.

Und doch wie schön! Das hohe schilfige Gras verschlingt den Reiter; nur mühevoll tritt er sich einen Pfad, wenn nicht die Elephantenherde ihn schon geebnet hat. Die weitästige Sykomore mit ihrem ungeheuren, hochragenden Stamm und den breiten Blättern bietet ihre Feigen und lädt in ihren ewig nächtlichen Schatten. Die ast- und blätterarme Adansonia verwundert dich mit ihrem fetten Leib und ihrem mürben, kraftlosen Holz. Hier ist Urwald; hier liegen wuchtige Stämme der Verwesung preisgegeben und versperren den Weg. Frisch sproßt das neue Gras aus der nie abgemähten, nutzlos verfaulenden Weide. Hab Acht! Der Dornenbaum höhnt deiner Kleider mit seinen krummen

Stacheln, und grausame Disteln und Nesseln verletzen den unbedachten Fuß.

Wo aber das Thal sich verengt und das Wasser nur mühsam einen schmalen Weg findet über Granitblöcke und thurmhohe senkrechte Schieferfelsen, da ist es dunkel fast den ganzen Tag; denn nur wenige Mittagsstunden dringt die Sonne in die schauerliche Tiefe. Hier wird selbst der Vogel scheu und stumm, und die am spärlichen Wasser sich labende Gazelle lauscht ängstlich auf bei jedem Geräusch in der fluchtwehrenden Enge. Da ist fast ewige Stille, nur unterbrochen vom Murmeln des sich ins Freie drängenden Baches, selten gestört vom Geheul der an den jähen Abgrund sich klammernden Affen.

Weh dem, der hier weilt in der Regenzeit! Von langer Fahrt müde bettet sich der Wanderer im Thal zur Ruhe. Im heißesten Mittag wiegt er sich in süße Träume, denkt an zu Hause – da dröhnt es dumpf im Hochgebirge: ein Schuß, ein zweiter, dann der schreckliche, den ganzen Himmel durchrasende Donner.

Doch der Wanderer fürchtet sich nicht, das Gewitter ist ja so fern. Er ruht und träumt, er sei schon bei seinen Lieben. Da erhebt sich von oben ein Rauschen, wie wenn der Wind durch die Blätter führe. Es wird lauter, gewaltiger, es zischt, es prasselt, es tost, es brüllt, als wenn die bösen Geister heranführen – nun naht es, mauergleich, schäumend und sich überstürzend – es ist der Waldstrom. Der Bach, vom Regen angeschwollen, ist ein mächtiger Strom geworden, doch seines kurzen Lebens gedenk, stürzt wild und feurig er das Thal hinab; die tiefgewurzelten Sykomoren sinken unter seiner Wucht, und die grasige Ebene wird von Schutt überrollt. Das Wasser füllt das ganze Thal und langt hoch an die Felsen hinauf.

Weh dir, du armer Mann, wohin solltest du entfliehen? Hast du die Flügel des Adlers, hast du die Krallen des Affen, der über dir schwebend deiner Noth höhnt? Bist du im Bunde mit den Geistern, daß sie dich forttrügen? Hier ist sie nicht dein Knecht, die Natur, sie ist dein dich vernichtender Feind. – Es ist wenige Jahre her, daß in einem breiten trockenen Strombett ein ganzes Zeltenlager von Beduinen mit Herden und Zelten von einer ungeahnten Sturzflut überfallen und fortgerissen wurde. Hundert Menschen, Tausende von Ziegen wurden seine Beute.

So sind die Tiefländer Abessiniens – feindlich und doch so schön. Wie manchen Tag habe ich in dem schattigen Wald neben der Quelle gelegen und den bunten langgeschweiften Vögeln zugeschaut oder im dichten Dornbusch dem plumpen Nashorn, der spiralhörnigen Antilope aufgelauert!

Aber das alles ersetzt mir nicht die Nähe meiner Lieben, die ich schmerzlich vermisse. Ich hoffe sehr, daß Ihr mir bald ein Zeichen sendet, daß Ihr mich nicht gänzlich vergessen habt, und bleibe immer

Euer Werner

16

Der nächste Tag war schon der letzte meiner Preis-Schocker-Reise. Nach dem Frühstück blieben mir noch fünf Stunden, bis ich mich am Flughafen der Willkür des Bodenpersonals auszusetzen hatte. Ich beschloß, zum Basar in der Altstadt zu gehen, um ein Geschenk für Polja zu kaufen.

»Welcome to Egypt, Sir. Do you need a guide?«

Der Mann, der neben mir herlief, gefiel mir. Sein Gesicht war freundlich wie ein Coca-Cola-Stand am Rande der Wüste, sein Gewand war himmelblau, und seine Füße steckten in rosa Plastiksandalen. Brauchte ich einen Führer? Ich dachte an mein Flugzeug, dem gerade jetzt wohl ein rotweiß karierter Tanklastwagen die Flügel mit Treibstoff füllte. Ich dachte an die ›Oltner Nachrichten‹ und den Chef, der wahrscheinlich all sein Verständnis für mich aufgebraucht hatte und immer ungeduldiger auf mein Zingg-Portrait wartete. Und dann dachte ich an Werner Munzinger.

»Yes, please. Ich möchte ins Nationalarchiv.«

Der Mann mit den Plastiksandalen hieß Assem. Er führte mich hoch zur Zitadelle, von wo einst Munzinger den Sonnenuntergang betrachtet hatte. Wir gingen vorbei an einem Wald von Kuppeln und Minaretten, durchquerten ein paar Tore mit gewaltigen, hochgezogenen Gittern und kamen zu einem kleinen Seiteneingang, hinter dem eine schmale Holztreppe hochführte. Am Fuß der Treppe stand ein Tisch, daran saß ein Mann, der uns fragend ansah.

»Assalamu aleikum«, sagte Assem.

»Aleikum assalam«, sagte der Mann. Und dann begann Assem zu reden, deutete abwechselnd auf mich und nach Norden, wo Munzinger und ich einst hergekommen waren. Der Mann am Tisch hörte aufmerksam zu, stellte ein paar Fragen und nickte bedächtig. Er schrieb ein paar arabische Schriftzeichen auf einen Zettel, reichte diesen Assem und schickte uns die Treppe hoch.

Am Ende der Treppe stand ein Tisch, daran saß ein Mann, der uns fragend ansah. Assem reichte ihm den Zettel und erzählte aufs neue die Geschichte von den zwei ungleichen Nordländern. Der Mann nickte bedächtig, schrieb ein paar Worte auf einen taschentuchgroßen Zettel und schickte uns einen langen Gang entlang, an dessen Ende wieder ein Mann an einem Tisch saß. Auf diese Weise besuchten wir noch acht weitere Männer an acht kleinen Tischen. Der letzte von ihnen unterschied sich insofern von den anderen, als er nicht ein paar Worte auf einen taschentuchgroßen Zettel schrieb, sondern aufstand. Der Mann ohne Zettel führte uns an meterdicken Wänden entlang durch einen kleinen sandbedeckten Innenhof, in dem eine winzige Moschee stand. Dann stiegen wir noch ein paar Treppen hoch und liefen durch ziemlich viele Gänge, bis der Mann vor einer schweren eisenbeschlagenen Tür stehenblieb, etwas zu Assem sagte und uns alleine ließ. Assem klopfte und drückte mit beiden Händen die Klinke nieder, die so groß war wie der Seitenständer einer Harley-Sportster. Die Tür ging knarrend auf und gab den Blick frei auf ein offenes Fenster, durch das man ungelogen den blauen Himmel, ein weißes Minarett und das saftige Grün einer Dattelpalme sah. Alle vier Wände waren bedeckt mit Regalen, auf denen sich riesige, altersbraune Bücher türmten. Im Zimmer selbst standen neun Tische, an denen neun Männer saßen. Acht von ihnen schliefen, die Köpfe sanft auf ihre Unterarme gebettet. Die Tische und die Männer und die Bücher waren mit feinem Wüstenstaub bedeckt, den der Wind zum Fenster hereingeblasen hatte. Aber der neunte Mann war wach. Er ließ sich von Assem die ganze Geschichte erzählen, nickte bedächtig, stand auf und weckte den Mann, der ihm am nächsten saß.

»Wo sind wir hier?« fragte ich Assem.

»Im Sterberegister für hohe Staatsangestellte.«

Der Mann zog ein Buch heraus und kam damit zurück. Ich beobachtete, wie der Staub von Jahrzehnten zwischen den Buchdeckeln hervor und auf den Steinboden rieselte. Der Mann sagte etwas zu Assem, und Assem fragte mich: »What was the man's name?«

»Munzinger.«

» مونزجار « fragte der Mann.

»Mun-zin-ger.«

» مونزجار «

»Mun...«

» مون... «

»...zin...«

» ...زين... «

»...ger.«

» ...جار... «

»Munzinger.«

» مونزينجار «

Der Mann lachte, Assem und ich lachten auch, und dann blätterte der Mann in seinem Buch. Halblaut murmelnd fuhr er mit dem Finger die Spalten entlang, Seite um Seite blätterte er um. Assem und ich setzten uns an den Tisch, die Minuten und Viertelstunden vergingen. Der Wüstenwind merkte endlich, daß hier zwei Neulinge im Büro saßen, und machte sich sachte daran, auch uns mit Wüstensand zuzudecken. Ich polierte mit den Unterarmen eine Ecke des Tischs, bettete meinen Kopf darauf und lauschte dem arabischen Gemurmel des Sterberegisterbeamten. Ich träumte gerade, daß Polja mit ihrer Harley-Sportster den Kunstmaler Zingg über den Haufen fuhr, als ein Außenposten meines Bewußtseins Alarm schlug. Im arabischen Singsang des Sterberegisterbeamten waren bekannte Laute aufgetaucht.

»زينجار...«

»...singer?« wiederholte ich. Mein Bewußtsein schaltete von Stand-by auf höchste Leistungsbereitschaft.

»Mun-singer?«

»مونسينجار«

»Munzinger!«

Der Sterberegisterbeamte lachte, und Assem und ich lachten auch. Ich notierte Werner Munzingers Registernummer. In einem anderen Büro am anderen Ende der Stadt lagen alle Handschriften und Briefe Werner Munzinger Paschas, die der ägyptische Staat seit hundertzwanzig Jahren für mich aufbewahrt hatte.

17

Massaua, im Mai 1854. »Ich brauche Elfenbein!« ruft Werner Munzinger und läuft nervös in der Lagerhalle hin und her. »Mohammed! Wo bleiben die Karawanen? Ich brauche Elfenbein, Straußenfedern, Leopardenfelle!«

Mohammed sitzt dick und schwer auf seinem Teppich und folgt mit den Augen diesem nervösen Christenkind, das seit ein paar Monaten hiesiger Repräsentant von Dupont & Cie. und sein Vorgesetzter ist. Mohammed ist schon zu lange im Geschäft, als daß ihn ein paar verspätete Karawanen aus der Ruhe bringen könnten. »Hab Geduld, Herr. Die Karawanen werden schon kommen. Sie kommen seit tausend Jahren – da werden sie wohl nicht ausgerechnet jetzt ausbleiben.«

»Aber ich kann nicht warten! In einer Woche kommt das Frachtschiff, um Waren für Frankreich aufzunehmen. Und meine Regale sind leer!«

»Dann fährt das Schiff eben ohne Leopardenfelle. Monsieur Dupont wird's überleben.«

»Monsieur Dupont schon, aber wir beide nicht! Monsieur Dupont hat mich wissen lassen, daß Massaua schlecht geführt ist und nicht rentiert. Unsere Niederlassung wird liquidiert, wenn keine Besserung eintritt!«

»Hat er das wirklich geschrieben?«

»Ja, das hat er.«

Mohammed kneift seine Äuglein zusammen und streicht sich übers runde Kinn. »Dann müssen wir laufen, Herr.«

»Laufen? Wohin?«

»In die Berge, Herr, nach Keren im Land der Bogos. Dort treffen die Karawanenstraßen des Sudans und Abessiniens aufeinander. Keren ist zwar ein elendes Kaff, und die Bogos sind schreckliche Bauerntrampel, aber es gibt dort einen großen Markt. Gut möglich, daß wir da finden, was wir brauchen.«

»Keren – wie weit ist das?«

»Fünfunddreißig Stunden. Fünf Tagesmärsche für einen Maulesel, Herr.«

In der brüllenden Hitze des nächsten Sonnenaufgangs stehen Werner und Mohammed am dampfend heißen Meeresufer, vier Maulesel vollbepackt mit Glasperlen, Manchester-Stoffballen, billigen Messern und einem Sack Silbermünzen. Die sanften Wellen des hitzegeplätteten Wassers gehen unmerklich über in die weißglühenden Wellen des Sandstrandes. Dahinter erheben sich golden weiche Dünen, weiter landeinwärts rotgebrannte Hügel. Darüber türmen sich in bizarrem Violett die ersten Berge, und ganz zuhinterst, wo sich der Himmel der Erde zuneigt, verschwimmt im Dunst hellblau und furchterregend das abessinische Hochgebirge.

Den ersten Tag führt die tausendjährige Karawanenstraße Werner und Mohammed durch die Wüste. Nur die zähesten Dornensträucher überleben in diesem salzverkrusteten Boden, der so nackt und tot daliegt, als wären die Wasser des Roten Meeres erst gestern in tieferliegende Ge-

genden abgeflossen. Der Pfad ist gesäumt von toten Kamelen und Maultieren in allen Stadien der Verwesung, welche hier ein erstes und einziges Mal in ihrem Sklavenleben die Arbeit verweigerten.

›Herrgott, was mache ich hier bloß?‹ denkt Werner, wischt sich den Schweiß aus der Stirn und erinnert sich mit Wehmut der Schiffahrt auf dem Roten Meer. Wie idyllisch war doch der Monsunsturm damals, als er am Fuß des Mittelmastes lag, unpäßlich zwar, aber immerhin erfrischt von kühlenden Windstößen. Jetzt ist da nichts als diese staubige Backofenhitze, die einem beim Einatmen die Nasenflügel versengt. Der Rücken des Maultiers ist knochig und hart, und Werners Hintern schmerzt höllisch.

Schon bald führt der Trampelpfad in endlosem Zickzack die Steilhänge hoch, dann wieder hinunter in bodenlose Schluchten, um sich am gegenüberliegenden Hang gleich wieder in die Höhe zu winden. Werner beißt die Zähne zusammen und treibt sein Maultier an, damit er Mohammed nicht aus den Augen verliert. Wie macht dieser dicke Araber das nur? Sitzt tagelang fröhlich und entspannt auf seinem Esel, singt hin und wieder ein Liedchen und findet auch noch den Atem, um den Fremdenführer zu spielen: »Schau dort, Herr, eine Elefantenherde! Da, Gazellen! Dort, ein Strauß, und hier, zwei Geier!«

Aber je weiter der Weg westwärts und in die Höhe führt, desto dünner und kühler wird die Luft. Werner Munzinger wird ganz heimatlich ums Herz: Diese Frische, diese Berge, diese Wiesen, ist das nicht ganz wie zu Hause? Am Mittag des fünften Tages hält Mohammed auf der Krete eines Hügels sein Maultier an und steigt ab.

»Wir sind da, Herr. Das da unten ist Keren. Siehst du das ausgetrocknete Flußbett, das quer durch den Ort führt? Dort ist der Markt.«

Werner sieht hinunter in den etwa drei Kilometer breiten Talkessel, der wie ein Mondkrater ringsum eingefaßt ist von scharfzackigen Bergspitzen. Nur im Westen klafft eine Lücke. Dort bricht das abessinische Hochland abrupt ab, und die Karawanenstraße schlängelt sich hinunter in die schrecklichen Wüsten des Sudans. In der Mitte der Ebene stehen eng beieinander etwa dreihundert runde Strohhütten. Das ist Keren. Wie auf einer Landkarte sichtbar ist von hier oben auch der zweite Pfad, der über einen Paß südwärts ins Landesinnere führt, zu den uralten abessinischen Königreichen von Axum, Gondar und Schoa.

»Na komm, Mohammed! Bringen wir's hinter uns.«

»Nein, Herr. Wenn du erlaubst, werde ich mit den Maultieren allein hinreiten, und du wartest hier auf mich.«

»Wieso?«

»Damit Monsieur Dupont mit uns zufrieden ist. Schau, du bist ein Weißer. Wenn du auf dem Markt auftauchst, verdreifachen sich sofort die Preise.«

»Na und? Du sagst mir, was die Ware wirklich wert ist, und dann handeln wir die Preise herunter.«

»Mit dir geht das nicht. Du bist ein guter Mensch, aber kein Händler. Immer bezahlst du gleich den ersten, viel zu hohen Preis. Laß mich allein nach Keren gehen. In zwei Stunden bin ich wieder da.«

So zieht Mohammed mit den Maultieren davon. Werner macht mit steifen Beinen ein paar Schritte und bettet den gemarterten Hintern sachte auf die Wiese.

Plötzlich steigt eine nackte Frau aus dem hohen Gras. Eine Negerin. Es ist die erste nackte Frau in Werner Munzingers jungem Leben. Mit wippenden Brüsten kommt sie auf ihn zu. Gänzlich entblößt ist sie nicht; unter dem Nabel trägt sie einen Gürtel mit ledernen Fransen, dicke Silberreifen um Hand- und Fußgelenke, einen goldenen Ring im Nasenflügel und silberne Kettchen im geflochtenen Haar. Haut und Haare hat die Frau mit Butter eingerieben, so daß sie überall dunkel glänzt wie eine Pantherin.

Werner schluckt.

Die Frau ist jetzt ganz nahe bei ihm, geht langsam vorbei. Werners Hände werden feucht. Darf ich sie ansprechen? Muß ich grüßen? Soll ich schweigen?

»Sei gegrüßt, Jungfer!«

Die Frau bleibt stehen. Sie ist groß. Unter halbgeschlossenen Lidern schaut sie zu Werner hinunter, der hilflos im Gras sitzt.

»Ich bin keine Jungfer, fremder weißer Mann. Ich bin eine arme, alte Witwe.«

»Oh.«

»Was sitzt du hier im Gras und starrst mich an?«

»Ich warte auf meinen Freund. Ich saß schon hier, bevor du gekommen bist.«

»Und weshalb starrst du mich so an?«

»Nun – ich finde dich schön. Bist du wirklich eine Witwe?«

»Mit solchen Dingen scherze ich nicht. Mein Mann ist tot, seine Knochen sind so weiß wie deine Haut. Dort hinten bei der Quelle haben ihn die Nureddins getötet, als er baden wollte. Einer hat ihm von hinten den Schädel eingeschlagen, ein zweiter die Lanze in den Rücken gestoßen. Dann haben sie seine Leiche in kleine Stücke geschnitten und im Gebüsch verstreut, den Hyänen zum Fraß. Die Ohren haben sie in der Nacht vor meinem Haus in den Staub gelegt.«

»Oh.«

Die Frau zuckt mit den Schultern. »Blutrache. Mein Mann hatte eine Tochter der Nureddins verschleppt und als Sklavin verkauft.«

Werner schluckt. »Wieso hat er das getan?«

»Blutrache. Zuvor hatte ein Nureddin seine Schwester geschwängert, ohne sie zu heiraten. Und das wiederum war die Rache dafür, daß ein Onkel meines Mannes den Nureddin eine Kuh gestohlen hatte. Ob er die Kuh wirklich gestohlen hat, ist ungewiß. Die Familie meines Mannes sagt, das Tier habe sich nur in der Nacht auf ihren Weidegrund verirrt und sei dort von einem Nureddin am frühen Morgen als erstem entdeckt worden. Wäre der Onkel meines Mannes an jenem Morgen nur etwas zeitiger auf die Weide gegangen, so hätte er die Kuh auf die Weide der Nureddin zurückgetrieben. Dann hätte meine Schwägerin kein uneheliches Kind zur Welt gebracht – sie hat das Baby abseits des Dorfes geboren, in derselben Nacht eigenhändig erschlagen und im Erdboden verscharrt, wie es das Gesetz verlangt. Die Tochter der Nureddin wäre noch immer zu Hause und nicht Sklavin in einem entlegenen arabischen Harem. Und mein Mann würde seine beiden Ohren immer noch am Kopf tragen.«

»Oh.«

»Du starrst mich immer noch an.«

»Du bist sehr schön.«
»Das hast du mir schon mal gesagt. Kannst du singen?«
»Nein. Ich habe die Stimme einer Krähe.«
»Das ist schade. In unserem Dorf singen die Männer ein Lied, wenn sie ein Mädchen schön finden. Bist du sicher, daß du kein Lied für mich singen kannst?«
»Ich könnte es versuchen. Was für ein Lied soll ich singen?«
»In unserem Dorf besingen die Männer immer die Schönheit ihres Mädchens.«
»Ich will es versuchen. Wenn du mich hernach nicht auslachst.«
»Wenn ein Mann schlecht singt, lacht ihn das Mädchen aus. Wir Mädchen haben ein Recht zu lachen.«
»Und welches Recht hat der Mann?«
»Während er singt, darf er das Mädchen anschauen, wo und wie lange er will.«
»Dann mache ich dir einen Vorschlag: Ich schließe die Augen, während ich singe, und du lachst mich dafür nicht aus.«
Die Frau lacht. Werner sieht ihren gebogenen Hals, ihre Zähne und ihr Zahnfleisch. »Das ist nicht gerecht. Du hast mich schon jetzt für die Dauer eines langen Liedes angestarrt. Zur Strafe darfst du mich nur vom Hals an aufwärts besingen – mit geschlossenen Augen natürlich. Und jetzt sing!«
Werner Munzinger läßt sich rückwärts ins Gras fallen, schließt die Augen und beginnt:

Illi zegadá kéli gerá ab ríschu
Illi zegáda mohánek la worídu
Illi aintáta gaehréi dol la fagígu
Illi assára weld ebérmet farítu
Illi ainába weld beddále schekíku
Illi ainaba halib ensa ragítu
Bismilláhi u fítu!

Das heißt:
  Dein Hals ist des Straußens Hals mit seinen Federn
  Dein Hals mit dem schön geformten Bogen
  Deine Augen sind der Morgenstern in seinem Aufgehen
  Dein Zahnfleisch ist die dunkle Frucht des Ebermet
  Deine Zähne gleichen den in Reihe sitzenden wilden Tauben
  Deine Zähne gleichen der Kamelmilch, der festgeronnenen
  Ich bitte Dich im Namen Gottes, laß mich kosten davon!

Und dann liegt er stumm und blind da und wartet ergeben auf das Gelächter, das ihn gleich zerschmettern wird. Aber es bleibt still; Werner hört nichts als den Wind, der zärtlich durchs hohe Gras streift. Er schlägt die Augen auf, und natürlich ist die schöne Negerin längst über alle Berge.

Kurz vor Sonnenuntergang kommt Mohammed zurück, die Maultiere schwer beladen mit Leopardenfellen, Elfenbein und Straußenfedern. Der Heimweg dauert ebenfalls fünf Tage; Werner Munzinger schwört tausendmal, daß er das erstbeste Schiff nach Europa besteigen wird, als Schiffsjunge, als Koch, als blinder Passagier, wenn's sein muß. Von der letzten Bergkette schaut er hinunter aufs Rote Meer und die drei kleinen Inseln von Massaua. Da – nähert sich im Norden nicht ein Schiff am Horizont? Werner zieht sein Fernrohr hervor, er sieht die französische Trikolore zwischen den Segeln des Fünfmasters flattern. Es ist eines der drei Frachtschiffe von Dupont & Cie. Werner treibt seinen Esel zur Eile an – wie wenn er wüßte, daß in einer Stunde ein Postsack auf den Quai hinuntergeworfen wird. Ganz zuunterst im Postsack liegt ein Brief von Walther Munzinger, der nach dreiwöchiger Reise endlich am Ziel angekommen ist.

Olten, an Weihnachten 1854

Lieber Werner!

Bist Du noch am Leben? Einmal mehr schicke ich aufs Gerathewohl ein paar Zeilen in die Welt hinaus, nicht wissend, ob Dich mein Brief auf dieser Welt noch erreichen kann. Bitte laß von Dir hören, sobald Du vermagst. Mutter, Vater und all Deine Geschwister sind sehr in Sorge um Dich.

Was uns Daheimgebliebene betrifft, so haben wir uns am Heiligen Abend alle im alten Munzinger-Haus in Olten versammelt; ich durfte constatiren, daß soweit alle wohlauf sind. Es war im übrigen oft von Dir die Rede, und ich habe die angenehme Pflicht übernommen, Dich von allen aufs Herzlichste zu grüßen.

Vor allem der Vater hat viel von Dir gesprochen. Du weißt ja, mit welcher Begeisterung er Dein abentheuerliches Leben verfolgt. Ich glaube gar, wenn ihn nicht sein Pflichtgefühl zurückhielte, wäre er schon längst in den Orient gereist, um mit Dir nach den Quellen des Nils zu suchen. »Ich ginge auch gerne mit Werner nach Asien, denn Europa ist nun mal entschieden verrückt geworden«, hat er mir kürzlich geschrieben. Man stelle sich vor: Der amtierende Finanzminister der Schweizerischen Eidgenossenschaft, Bundesrath Josef Munzinger, packt seine Angehörigen in einen Eisenbahnwaggon und verreist auf Nimmerwiedersehen in den Orient! Vater hat sehr gelacht beim Gedanken, daß er auf seine alten Tage noch Arabisch lernen müßte.

Ich muß Dir aber sagen, daß er in letzter Zeit nicht besonders fröhlich ist. Seit dem Herbst ist er derart schwermüthig geworden, daß wir ihn nach Bad Schinznach zur Kur bringen mußten. Dabei ist es nicht das Regierungsamt, das seinen Schultern zu schwer würde; es ist die Verlogenheit des diplomatischen Parketts, der falsche Glanz goldener Fassaden, das hinterlistige Lächeln seiner Erzfeinde, was sein republikanisches Gemüth mehr als alles andere bedrückt. Die letzten drei Monate hat Vater seine Geschäfte fast ausschließlich von Bad Schinznach aus geführt; der Herr Finanzminister regiert zur Zeit buchstäblich im Schlammbad. Und wenn er den Gang nach Bern ins Bundeshaus für einmal wirklich nicht vermeiden kann, so weint er zuvor tagelang, Werner, stell Dir nur diese Verzweiflung vor. Er entrichtet einen hohen Preis für die Ehre, die unsere Familie erntet, und zuweilen frage ich mich wirklich, ob es nicht das Beste wäre, Du würdest dem Finanzminister in Deiner Negerhütte politisches Asyl gewähren.

Was mich betrifft, so werde ich Deine Gastfreundschaft vorderhand nicht in Anspruch nehmen. Wenn Dich irgendeiner meiner Briefe erreicht hat, so weißt Du, daß ich im vergangenen Jahr mein Bureau eröffnet habe und zur Zeit sehr beschäftigt bin.

Zum Schluß eine ganz ernsthafte Bitte: Wie Du weißt,

hängt der Vater mit jeder Faser seines Herzens an Deinem Schicksal. Ein Wiedersehen mit seinem verlorenen Sohn, den er so sehr bewundert, könnte seine Seele für lange Zeit gesund machen. Da ich Dir den Finanzminister aber nicht gut nach Afrika hinunterschicken kann – komm bald heim, Werner! Komm doch nächsten Frühling, wenn das Meer wieder glatt ist und der Jura frei von Schnee.

                        Auf baldiges Wiedersehen,
                        Dein Bruder Walther Munzinger

18

Kreischend ging eine Glastür auf, ich stürzte die große Treppe vor dem ägyptischen Staatsarchiv hinunter, einen großen Stapel fotokopierter Munzinger-Briefe unter dem Arm, warf einen letzten Blick auf den Nil und hielt ein Taxi an. »Zum Flughafen, schnell!« knurrte ich, als ich mich in den Fond des Taxis fallen ließ. Der Fahrer preschte durch die Straßen Kairos wie ein Amokläufer, und ich fühlte wieder einmal, daß ich für gewisse Dinge im Leben einfach nicht geeignet bin. Gerade deshalb und zum Trotz sagte ich: »Fünfzehn Pfund Bonus, wenn wir in einer Viertelstunde da sind.«

Es ging alles gut. Als ich die Eingangshalle betrat, rief gerade eine scheppernde Lautsprecherstimme meinen Namen aus, und zehn Minuten später saß ich im Flugzeug. Ich schnallte mich an, zog die Schuhe aus, räkelte mich behaglich in den Sitz und überschaute die Köpfe der Passagiere, die wie Pilze aus den Sitzlehnen wuchsen. Die Stewardeß ermahnte mich mit mütterlichem Lächeln, die Sitzlehne senkrecht zu stellen und die Gurte fest anzuziehen. Ich hatte den Mechanismus der Schnalle beinahe durchschaut, als die Motoren zu dröhnen begannen. Ich schloß die Augen, um die Beschleunigung in der Magengrube richtig zu genießen, und schlief sofort ein.

Nach vier Stunden Flug, fünfundvierzig Minuten Zugfahrt und drei Minuten Fußmarsch zwinkerten mir durch die verregnete Abenddämmerung vertraulich die Fenster des ›Ochsen‹ entgegen. Brav an ihren Plätzen saßen der kleine Rocker Willy und der große Hippie Werni mit den anderen zwei Typen und spielten Karten. ›So ist das nun mal in der Kleinstadt‹, dachte ich; ›man wird im selben Spital geboren, sitzt gemeinsam in derselben Schulbank, dann trinkt man ein paar Bier zusammen und macht ein Spielchen oder zwei, und dann legt man sich friedlich nebeneinander in die militärisch aufgereihten Grabstätten auf dem städtischen Friedhof.‹

Der kleine Willy sah mich als erster. Die Sonne ging auf in seinem Gesicht, er legte glücklich die Karten auf den Tisch und flatterte mit den Armen wie ein Vögelchen, das vorzeitig aus dem Nest gefallen ist: »He, Max, schau her! Guru, guru! Du bist ein Täubchen, ein süßes kleines Turteltäubchen! Nimm dich in acht vor den Fallschirmspringerstiefeln!«

Die Jasser begannen zu lachen und zu grölen. Ich trat kalt lächelnd an Willy heran, griff sanft nach seiner Lederjacke, zog den Reißverschluß hoch und immer höher, bis unter Willys Kinn und noch weiter hinauf, so daß ich ihn am Reißverschluß seiner eigenen Lederjacke aus dem Stuhl hob, gegen die Wand schleuderte und wie einen zerschmetterten Froschkönig zu Boden gleiten ließ.

Natürlich tat ich das nicht. Ich lächelte blöde, verlegen und heuchlerisch und verdrückte mich mit meinen Fotokopien in die hinterste Ecke der Kneipe. Aber die vier Jasser ließen nicht von mir ab. Werni sandte einen schwärmerischen Blick zur nikotingelben Decke. »Max, Max, du Glückspilz – drei Tage ohne Kneipenbesuch! Seit drei Tagen hat man dich nicht mehr hier gesehen!«

»Ihr täuscht euch. So ist das nicht«, sagte ich mit brüchiger Stimme und ärgerte mich über mich selbst. War ich von allen guten Geistern verlassen, daß ich mich vor diesen bierdumpfen Jaßköpfen rechtfertigte?

»Soso, wir täuschen uns«, kreischte Willy, und weil ihm nichts anderes einfiel, fuchtelte er unter dem Gelächter seiner Freunde einmal mehr mit den Armen und schrie: »Guru, guru! Du bist ein Täubchen, ein süßes kleines Turteltäubchen!«

»Ihr täuscht euch wirklich«, rief ich in das Gelächter hinein, beseelt vom schwachsinnigen Bedürfnis, mich und Polja vor dem Gegröle der vier Jasser zu retten. »Ich war drei Tage in Afrika. Eben gerade zurückgekommen.«

»Afrika?« Werni hob die Augenbrauen.

»Afrika. Kairo.«

»Bei den Negern?« Auch Willy hob die Augenbrauen.

»Bei den Negern, na ja.«

Da schlug Werni dem kleinen Willy mit der flachen Hand auf den Hinterkopf. »Willy! Man sagt nicht ›Neger‹, das ist rassistisch. Willst du, daß man dich für einen Rassisten hält? Das heißt ›farbiger Mitbürger‹.«

»Farbiger Mitbürger, aha. Wenn das so ist. Mitbürger, na gut. Aber farbig? Wieso farbig?«

Und dann grölten die vier Jasser wieder, daß die Wände zitterten. Beruhigt stellte ich fest, daß ich in Vergessenheit geraten war, bestellte ein Bier und legte den Stapel Munzinger-Briefe vor mir auf den Tisch.

Alexandria, 20. Februar 1855

Lieber Walther!

Du weißt um meine Aufrichtigkeit. So wirst Du mir glauben, daß ich gerade vom Fenster meiner Herberge auf den Hafen von Alexandria hinuntersehe; daß in diesem Hafen ein stattlicher Dreimaster liegt, der heute abend nach Triest in See sticht; Du wirst mir ferner glauben, daß an Bord dieses Schiffes eine Kabine für mich reserviert war, in der ich nach Hause eilen wollte, unseren seelenkranken Vater ans Herz zu drücken. Muß ich Dir noch sagen, daß an Bord ebenjenes Dreimasters vor drei Tagen Dein Brief hier ankam, der mir Papas Tod mittheilte?

Ach, was für ein Elend! Mein Besuch hätte ihn wohl auch nicht zu retten vermocht, und ich will mich nicht damit entschuldigen, daß Dupont & Cie. mich nicht früher entlassen wollte. Aber wie gerne hätte ich noch einmal jene Hand gedrückt, welche uns beiden den Lebensweg gewiesen hat! Denn es steht doch ganz außer Zweifel, daß wir Söhne bei jedem unserer Schritte heimlich des Vaters eingedenk sind, ob er ihn auch gutheiße. Wir dünken uns Wunder was für Abentheurer und Gelehrte und sind doch immer nur die Söhne des großen Vaters.

Nun, da der alte Finanzminister seinen letzten Gang ohne mein Geleit antreten mußte, will auch ich auf meinem einsamen Weg weiterschreiten. Bitte versteh deshalb, daß der Dreimaster heute abend ohne mich ausläuft. Ich will, ich muß zurück nach Abessinien. Ich reise nach Keren im Lande der Bogos, um dort meiner wissenschaftlichen Arbeit nachzugehen, einen Garten anzulegen, etwas Handel zu treiben – und zu leben. Gleich morgen breche ich auf nach diesem entsetzlichen Massaua und hoffe, in drei Wochen in Keren anzukommen. Habe ich Dir die Bogos schon beschrieben? Alle diejenigen, welche dieses Volk besucht und seine schönen Thäler durchwandert haben, bringen denselben Eindruck eines Gelobten Landes in den Sand Massauas zurück. Das Klima ist das Italiens, der Boden ausgezeichnet, und man könnte alle Reichthümer der Colonien dahin verpflanzen. Die Bewohner sind edel und gastfreundlich, Christen durch Erinnerung und Gefühl, und einem würdigen Missionar sollte es möglich sein, ihnen die Lehren der christlichen Civilisation zu spenden.

Mein Entschluß ist gefaßt; den Großtheil meines von Dupont & Cie. ausbezahlten Gehalts habe ich heute früh angelegt in zwei Gewehren, reichlich Munition und Sämereien für meine künftige Landwirtschaft.

Leb wohl! Laß die Familie wissen, daß sich meine Heimkehr um ein Jahr oder zwei verzögert. Ich überlasse es Deinem Geschick, daß Mutter sich nicht zu sehr grämt und sorgt.

Vergiß mich nicht und schreib recht bald nach Keren

Dein Bruder Werner

PS: Nun gut! Als mein älterer Bruder und neues Familienoberhaupt hast Du ein Recht, es zu wissen: Ich pilgere nicht nur um der Wissenschaft und der Geschäfte willen ins Land der Bogos. Es gibt da eine Jungfer, die ich seit bald einem Jahr zu vergessen suche und doch immerzu vor Augen habe. Ich weiß nicht einmal ihren Namen, und ich wäre gänzlich außerstande, sie zu beschreiben, aber – genug! Ein andermal vielleicht mehr davon.

»He, Max! Wie hieß noch mal das Kaff, wo du gerade herkommst?« Der große Hippie Werni hatte sich neben mich gesetzt und legte mir vertraulich den Arm um die Schultern.

»Kairo.«

»Kairo, genau. Du weißt, daß Polja heute nachmittag dahin geflogen ist?«

»Nein!«

»Doch. Sie hat ihre Harley-Sportster in meiner Garage untergestellt. Nur für ein paar Tage, hat sie gesagt.«

19

Keren, im März 1855, einen Tag nach Werner Munzingers Ankunft. Werner erwacht, weil jemand an die Tür seines Hauses klopft. Es ist nur ein einfaches rundes Strohhaus am Rande der Stadt und hat nicht mehr als zwei Silbertaler gekostet – aber es ist sein Haus, und so schnell wird er sich von niemandem hieraus vertreiben lassen. Aber dieses Klopfen! Gibt es hier jeden Morgen einen solchen Lärm?

»... Munzinger?«

»Ja!« Werner öffnet die Tür. Draußen steht ein dürres Männchen – nein, es steht nicht, es hüpft, hüpft ohne Unterlaß auf und ab, schüttelt mal das rechte Bein aus und mal das linke, schlenkert mit den Armen und wackelt mit dem Kopf.

»Ist dies das Haus von Werner Munzinger?«

»Ja. Aber warum hüpfst du so?«

»Ich hüpfe immer, Werner Munzinger, von morgens früh bis abends spät, mein ganzes Leben lang. Außer wenn ich laufe oder schlafe.«

»Wieso?«

»Abt Michael sagt, ich hüpfe, weil ich nicht still sitzen kann. Ob das stimmt, weiß ich nicht; ich hab's noch nie versucht.«

»Wer ist Abt Michael?«

»Der Vorsteher unseres Klosters auf dem Berg Zad'amba.«
»Du bist ein Mönch?«

»So ist es. Aber mit meiner Hüpferei störe ich die anderen in ihrer Andacht. Deshalb schickt mich Abt Michael jeden Morgen früh hinaus, um bei frommen Bauern Speis und Trank zu erbitten. Denn unser Klostergärtchen ist klein und dürr, und die Wasserzisterne liegt acht Monate im Jahr trocken.«

»Tut mir leid. Ich habe nichts zu essen im Haus.«

»Das hat mir Abt Michael schon gesagt, Werner Munzinger. Du bist gestern angekommen mit zwei Gewehren, viel Munition und einem großen Sack voller Silbertaler. Schöne, runde Maria-Theresien-Taler.«

Werner gibt dem Mönch einen Silbertaler. »Abt Michael weiß viel über einen armen Fremdling, der auf der Suche nach einer neuen Heimat ist.«

Der Mönch lächelt. »Abt Michael weiß noch mehr. Dein Maultier ist auf dem Weg von Massaua nach Keren dreimal ausgerutscht. Du bist verliebt in ein Bogos-Mädchen namens Oulette-Mariam. Du hast diese Nacht von deinem verstorbenen Vater geträumt. Und du bist ein aufrichtiger Mann, der lange im Bogos-Land bleiben wird.«

»Oulette-Mariam ...«

»Abt Michael wünscht dich zu sehen. Er erwartet dich, wann immer du willst.« Und schon macht der Mönch ein paar gewaltige Sprünge auf die Wiese hinaus und verschwindet im hohen Gras.

Werner Munzinger blinzelt in die aufgehende Sonne. Oulette-Mariam. Er läßt sich den Namen auf der Zunge zergehen wie eine köstliche, aber fremdartige Speise. Oulette-Mariam – das schmeckt nach Papaya, Ingwer und wilden Feigen, nach Weihrauch, frisch gerösteten Kaffeebohnen und vergorener Kamelmilch. Werner schaut hinunter auf die Karawanenstraße, auf der die Männer mit schwerbeladenen Kamelen zum Markt ziehen, die Frauen ihre Tonkrüge zum Brunnen tragen und kleine Kinder unter gewaltigen Bündeln von Brennholz nach Hause wanken. Dies ist sein erster Tag in Keren. Der erste von vielen Tagen, wenn er will. Was soll er mit ihm anfangen? Runterlaufen zum Markt und Geschäfte machen, wie wenn er noch Angestellter wäre von Dupont & Cie.? Häßliche Glasperlen gegen nutzlose Straußenfedern tauschen? Soll er ziellos durch die Stadt schlendern wie ein englischer Vergnügungsreisender? Eine Steinmauer um den Garten bauen wie ein Deutscher und Unkraut jäten? Oder Oulette-Mariam aufsuchen und ihr ein Liebeslied singen? Vielleicht ein weniger blamables als das letzte Mal?

Sachte setzt sich Werner auf die Schwelle und lehnt sich an den Türpfosten. Er fährt mit dem Daumennagel über das verwitterte Holz; es entsteht eine schmale Kerbe, und irgendwie tröstet ihn das. Da taucht auf der Karawanenstraße im Gewimmel der Menschen und Kamele der Mönch vom Kloster Zad'amba auf und springt mit ein paar gewaltigen Sätzen zu Werner Munzinger zurück.

»Bist du sehr beschäftigt?«

»Nein.«

»Abt Michael würde sich sehr über deinen Besuch freuen.«

»Gehen wir.«

Das dürre Männlein springt auf und davon. Werner zieht

in aller Eile seine Sandalen an, schließt das Haus ab, bindet sein Maultier los und steigt auf, gerade bevor der hüpfende Mönch am Horizont verschwindet. Wie ein verlorenes Büschel Baumwolle weht der weiße Umhang des Männleins über das hohe Gras südwärts, während Munzinger fluchend hinterherhetzt. Eine Stunde vergeht und eine zweite. Werner möchte schon längst eine Rast einlegen. Er winkt und ruft dem Mönch hinterher, aber immer springt dieser unerreichbar weit voraus, hüpft hin und wieder auf der Stelle, um Werner etwas herankommen zu lassen und gleich wieder zu enteilen. Nach einer weiteren Stunde endlich läßt er sich von Werner einholen. »Wir sind da!«

»Gott sei Dank! Wo ist das Kloster?«

»Dort«, sagt das Männlein und deutet ziemlich genau senkrecht in die Höhe. Werners Blick klettert leicht wie eine Gemse über den ausgestreckten Arm des Mönchs zu dessen Handrücken und weiter zum Zeigefinger. Beim Fingernagel zögert der Blick kurz, vielleicht aus Angst vor der schwindelerregenden Leere, stößt sich dann aber kräftig ab und hangelt sich hoch an der imaginären Linie, die der Arm des Mönchs ihm vorgegeben hat, weiter und weiter, doch da ist nichts zu sehen als flimmernde Mittagsluft. ›Hier beginnt der Himmel‹, denkt Werner, ›und der ist bekanntlich leer. Ich werde zurückkehren zum schmutzigen Fingernagel des Männleins und mich von dort aus noch einmal auf die Suche machen.‹ Doch im letzten Moment zerschellt Werners Blick in unsagbarer Höhe an einer Bergspitze.

»Dort oben?«

»Das ist der Berg Zad'amba. Dort erwartet dich Abt Michael.«

»Wie hoch ist dieser Berg? Nein, warte! Ich muß mir das ins Tagebuch schreiben; das glaubt mir kein Mensch.«

Der Berg Zad'amba ist ein einziger, ungeheurer Felsblock, wohl 2000 Fuß über der Ebene von Shotel erhoben. Seine Wände fallen von allen Seiten spiegelglatt und senkrecht bis zur Ebene ab; nur von Westen her ist er mit Hülfe von Steinen und Geröll zugänglich, wenn auch nicht ohne Beschwerden. Einmal oben angelangt, ist der Wanderer aber noch nicht am Ende seiner Mühsal. Denn der Berg ist in der Mitte senkrecht gespalten, wie wenn vor Urzeiten ein gewaltiger Blitz eingeschlagen hätte. Vor den Füßen des Wanderers gähnt eine hundert Schritt breite und sechshundert Meter tiefe Schlucht, und das Kloster liegt auf der anderen Hälfte des Bergs. Miteinander verbunden sind die beiden Hälften durch ein senkrechtes Felsenband, das kaum 5 Zoll breit ist. Muthige Leute setzen sich auf diesen schwindelerregenden Sattel wie auf ein Pferd und helfen sich hockend hinüber. Doch haben schon viele auf diesem Steg den Tod gefunden; denn ein einziger Blick nach rechts oder links in den unbegrenzten Abgrund reicht hin, Schwindel zu erzeugen. Das Kloster ist von fünf oder sechs abessinischen Mönchen bewohnt, die mit den Schrecken dieser wahrhaften Einsiedelei den Himmel zu verdienen hoffen.

Schweißüberströmt und vom Aufstieg erschöpft steht Werner am Abgrund und verfolgt entsetzt, wie das Männlein leichthin über das schmale Felsband hüpft, zurückschaut und ihm zuwinkt. »Komm, Werner Munzinger, komm!«

Und so setzt sich der mutige Werner auf diesen schwindelerregenden Sattel wie auf ein Pferd und hilft sich hockend hinüber. Hin und wieder löst sich ein Steinchen aus der Wand; Werner schaut ihm nicht nach, will gar nicht wissen, wohin es fällt. Er schwitzt und zittert, sein Herz rast, und keinen Moment hat er Zeit zu fragen, was zum Teufel er in diesem Afrika eigentlich verloren hat. Endlich wird das Felsband breiter und mündet in eine karge Wiese. Werner krabbelt auf allen vieren weiter, bis er sich in Sicherheit weiß. Dann läßt er sich auf die Seite fallen, das harte Gras sticht ihm ins Gesicht, seine Arme und Beine zittern wie die Läufe eines schlafenden Hundes, und verwundert hört er diesem Wimmern zu, das tief aus seiner Brust aufsteigt.

»Du bist ein mutiger Mann, Werner Munzinger!«

Eine gewaltige Hand packt ihn am Arm, ein starker Arm zieht ihn hoch und drückt ihn an eine herkulische Brust. Werner läßt seinen Kopf einen Moment auf dieser dunkelwürzigen Haut ruhen, unter der sich gewaltig die Brustmuskulatur abzeichnet. Dann fühlt er, daß ihm hysterische Tränen in die Augen schießen, und als der erste Tropfen über die fremde Brust rinnt, sieht Werner hinauf in das kantige Adlergesicht eines Hünen.

»Abt Michael?«

»Dein Besuch freut mich sehr. Wir wollen diesen Moment mit einem Schluck Honigwein begießen.«

Abt Michael führt Werner in den Schatten eines wilden Feigenbaums, wo ein Krug Honigwein und zwei Becher bereitstehen. Werner lehnt sich gegen den Baumstamm, den vier Männer nicht zu umfassen vermögen, kämpft gegen die Tränen und sieht sich auf dem winzigen Flecken Erde um, auf den es ihn verschlagen hat.

»Schau dich nur um, Werner Munzinger! Zwölf Feigenbäume, ein paar Rebstöcke, eine halbzerfallene Kirche, vier Wohnhäuser, drei ausgetrocknete Wasserzisternen, ein staubiges Gärtchen, und schon bist du am Ende der Welt angelangt.«

Werner läßt die Tränen strömen. Aber jetzt kündet sich tief unten im Magen auch noch ein hysterisches Lachen an, und das will er sich nicht gestatten.

»Ich freue mich über deinen Besuch. Wir leben ziemlich einsam hier oben, wie du dir vorstellen kannst. Nur alle paar Jahre hat ein Fremder die Verwegenheit, über diesen schrecklichen Pfad auf unsere Wolkeninsel zu kommen. Du kannst übrigens ruhig lachen, wenn du willst.«

Tatsächlich steigt es blubbernd aus Werners Bauch hoch, unheilvoll und unausweichlich. Werner schämt sich und preßt die Zähne zusammen, aber Hals und Wangen blähen sich, und dann lacht er los wie ein Irrer, viel zu schrill und viel zu laut. Abt Michael legt ihm freundlich die Hand auf die Schulter. »Lach nur, Werner Munzinger, lach nur! Das sind die Nerven. Ich habe auch gelacht vor fünfzehn Jahren, als ich hier ankam. Ich war ein junger Mann wie du, genau wie du lehnte ich an diesem Feigenbaum, und der Stamm war vor fünfzehn Jahren nur unwesentlich dünner als heute.«

Werners Gelächter verstummt schlagartig. »Fünfzehn Jahre ...«

»Fünfzehn Jahre, jawohl. Ich war jung und habe die Brücke über das Nichts überquert, um meinen Mut zu beweisen. Ich war verliebt, mußt du wissen, in ein Mädchen aus unserem Dorf, deren Augen leuchteten wie der Morgenstern und die einen Hals hatte, so schön gebogen wie der Hals des Straußes. ›Wenn ich heirate, dann nur den tapfersten Krieger!‹ sagte mein Mädchen eines Morgens zu mir. ›Beweise mir, daß du Mut hast.‹ Und so zogen wir los und bestiegen den Berg Zad'amba. Mein Mädchen setzte sich hin am Rande des Abgrunds und sah zu, wie ich rittlings die Brücke über das Nichts überquerte. Glücklich hier angekommen, lehnte ich mich an diesen Feigenbaum, winkte hinüber zu meinem Mädchen, und lachte und lachte ... bis mir klar wurde, daß mich die Angst im Nacken gepackt hatte und ich dieses Felsband nie wieder würde überqueren können.«

Abt Michael greift zum Krug und trinkt Honigwein. Werner Munzinger sitzt sehr still da und horcht auf die Schluckgeräusche, wie wenn er so die Fortsetzung der Geschichte erfahren könnte. Der Abt will nicht aufhören zu trinken. So viel Honigwein kann in diesem kleinen Krug gar nicht gewesen sein, wie der schon getrunken hat. Endlich stellt er den Krug wieder ins Gras.

»Es wurde Abend. Ich schickte mein Mädchen zurück ins Dorf, da die Nacht hier draußen gefährlich ist, und legte mich am Fuß dieses Feigenbaumes schlafen. Kurz nach Sonnenaufgang stand sie wieder dort. Den ganzen Tag bis zum Sonnenuntergang sah sie mir zu, wie ich am Abgrund herumschlich und dann und wann einen halben Schritt auf die Brücke machte, nur um sofort entsetzt wieder zurückzufahren. Wenn ich mir beim ersten Versuch ein Herz gefaßt hätte und weitergelaufen wäre – vielleicht wäre ich dann glücklich drüben angekommen und hätte mit meinem Mädchen zwölf Kinder gezeugt. Mit jedem gescheiterten

Versuch aber wuchs meine Angst. Mein Mädchen kam auch am nächsten und am übernächsten und an allen folgenden Tagen, denn sie war eine treue Seele und liebte mich zärtlich, mußt du wissen. Aber am hundertsiebenundzwanzigsten Tag setzte sie sich nicht auf jenen Felsen wie an allen Tagen zuvor, sondern blieb stehen. ›Michael, mein Liebster!‹ rief sie über den Abgrund, und ihre Stimme zitterte vor Zärtlichkeit. ›Sag mir bitte heute, ob du jemals diesen Abgrund wirst überwinden können!‹ – ›Wie kann ich das wissen, mein Täubchen?‹ rief ich zurück. – ›Du weißt es, denn du bist der tapferste Krieger des Dorfes. Bitte sag es mir!‹«

Abt Michael nimmt noch einmal einen großen Schluck Honigwein.

»Was sollte ich machen? Natürlich hatte sie recht: Ich wußte seit hundertsiebenundzwanzig Tagen, daß mich die Angst nicht mehr verlassen würde.«

Und noch einmal wandert der magische Krug unter Abt Michaels Adlernase. Wo all der Honigwein bloß herkommt?

»Und? Was hast du geantwortet?«

»Als Ehrenmann habe ich ehrlich geantwortet. ›Es tut mir leid, mein Täubchen‹, rief ich ans andere Ufer. ›Ich werde niemals wieder zu dir kommen.‹ Da sank sie zu Boden und brach in herzerweichendes Schluchzen aus. Nach einiger Zeit faßte sie sich, stand auf und sagte: ›In diesem Fall, mein Geliebter, gehe ich jetzt und komme nie wieder. Drei Monate werde ich um dich trauern. Dann aber werde ich den zweittapfersten Krieger unseres Dorfes heiraten.‹ Und als sie weg war, lief ich zur Kirche und bat Abt Jonas, meinen Amtsvorgänger, um Aufnahme ins Kloster Zad'amba.«

Schweigend streckt Werner Munzinger den Arm nach dem Honigwein aus, und Abt Michael reicht ihm den Krug. Der ist immer noch halbvoll. Wunderbare Honigweinvermehrung auf dem Berg Zad'amba.

»Du möchtest nicht etwa um Aufnahme ins Kloster bitten, nicht wahr?«

Werner stiert ins Gras und schüttelt den Kopf.

»In diesem Fall würde ich dir empfehlen, sofort aufzubrechen, bevor sich zuviel Angst in dir ansammelt. Und dann solltest du versuchen, gleich beim ersten Mal ans rettende Ufer zu gelangen.«

Werner stöhnt auf.

»Ich habe in den letzten fünfzehn Jahren viel darüber nachgedacht, wie ich meinem Schicksal hätte entrinnen können. Heute bin ich überzeugt, daß es für mich damals wie für dich heute nur eine Lösung gab und gibt: verbundene Augen.«

»Wie bitte?«

»Du mußt dir die Augen verbinden.«

»Was?«

»Nicht nur das. Du solltest nicht auf dem Hintern hinüberrutschen, sondern aufrecht einherschreiten.«

»Aber verzeiht, verehrter Abt, Ihr wollt mich wohl ins Verderben stürzen!«

»Überleg doch. Auf der Brücke gibt es keinen einzigen Stolperstein, keine Kurve und keine Stufe, und der Weg ist breiter als deine beiden Füße zusammen. Es genügt, wenn du einfach geradeaus gehst, wie du das ganz natürlich auch auf der Karawanenstraße machen würdest. Was brauchst du da deine Augen? Solange du nichts siehst, kannst du auch das schreckliche Nichts unter der Brücke nicht sehen, und dann kann dir nichts passieren. Mach es wie die Kinder: Verschließ die Augen vor der Gefahr, und sie ist weg!«

Werner wiegt nachdenklich den Kopf. »Mag sein. Aber hinsetzen möchte ich mich trotzdem.«

»Nein! Ein mutiger Mann geht aufrecht und rutscht nicht auf dem Hintern herum. Du darfst der Angst nicht zeigen, daß du voll bist von ihr, sonst wird sie dich in die Tiefe stoßen.«

Werner Munzinger seufzt. Er zieht seine Sandalen aus, damit die nackten Füße den Weg fühlen können, und läßt sich von Abt Michael die Augen verbinden. Der Abt raunt ihm zum Abschied ins Ohr: »Denk an Oulette-Mariam, Werner Munzinger! Du wirst sie heiraten, wenn du deine Mutprobe bestehst!«

20

Keren, ein Jahr später, 3. April 1856. Wie jeden Tag ziehen im Licht der aufgehenden Sonne die Kamelkarawanen zum Marktplatz im ausgetrockneten Flußbett. Da schreit ein Kind, dort kocht eine Frau vor ihrer Haustür Tee an einem kleinen Feuer, und irgendwo streiten zwei Männer über einen Unsinn – vielleicht über die Frage, ob das Gras wirklich grün ist oder bloß so aussieht. Alles ist genauso wie ein Jahr zuvor, außer daß nahe der Karawanenstraße mittlerweile ein einstöckiges Steinhaus steht. Es ist das einzige Steinhaus unter lauter Strohhäusern und gehört Werner Munzinger. Eine mannshohe Steinmauer zieht sich um Hof und Haus und Garten, und ein ziemlich gefährlich aussehender Hund stellt sich schlafend im Schatten des Steinhauses. Werner Munzinger mochte das Strohhaus lieber, aber nach mehreren nächtlichen Besuchen mußte er einsehen, daß die Silbertaler nur hinter Mauern in Sicherheit sein würden.

Ist Werner überhaupt zu Hause? Die Tür ist fest verschlossen, die Feuerstelle kalt, das Maultier hat sich losgerissen und frißt Salat im Garten. Da kommt ein freundlicher Südwind auf, der weht ein verlorenes Büschel weiße Baumwolle herbei und über Werners Hofmauer. Der Hund stellt sich weiter schlafend. Er kennt den Besucher, der heftig an die Tür klopft.

»Wach auf, Werner Munzinger! Heute ist ein großer Tag für dich!«

Das Männlein ist noch aufgeregter als gewöhnlich. Wie ein eingesperrtes Wiesel rennt es vor der Tür hin und her, klopft und ruft, bis die Tür aufgeht und Werner mit verklebten Augen ins Tageslicht blinzelt.

»Ein Freudentag! Wasch dich, Werner Munzinger! Mach dich schön! Zieh deine feinsten Kleider an! Rasier dich!«

Werner brummt. »Ich rasiere mich nie. Die paar Härchen lohnen die Mühe nicht.«

Der Mönch schaut Werner streng ins Gesicht, dann schlägt er ihm die Faust vor die Brust. »Honigwein! Du stinkst nach gestrigem Honigwein! Das ist nicht gut, Werner Munzinger.«

»Laß mich in Ruhe. Die Abende sind lang, wenn man alleine ist.«

Da lacht das Männchen hell auf und drängt Werner ins Haus. »Da hast du recht, da hast du vollkommen recht. Zeig mir jetzt all deine Kleider. Ich such dir was Passendes aus. Hast du zwei Ziegenhäute?«

»Ziegenhäute?«

»Ziegenhäute. Die füllen wir mit Milch und schicken sie der Mutter von Oulette-Mariam. Du bist verlobt, Werner Munzinger, ich gratuliere!«

»Ziegenhäute?«

»Verlaß dich auf mich, es ist alles in Ordnung. Du hast doch deinen Sack voller schöner Silbertaler noch?«

»Ziegenhäute?«

»Es ging leichter, als ich gedacht habe – zum Glück ist Oulette-Mariam Witwe und keine Jungfrau mehr. Das hat die Verhandlungen wesentlich vereinfacht. Heute morgen verlobst du dich, und noch vor dem Abend bist du verheiratet.«

»Ziegenhäute?«

»Zwei Ziegenhäute, du Glückspilz. Außerdem mußt du deinem Schwiegervater sechs junge Kühe, drei Ballen Baumwollstoff und eine Wolldecke schicken, und die Schwiegermama erhält drei Maß Getreide nebst vier silbernen Armbändern. Laß mich nur machen, ich kaufe das alles für dich ein; man hat mir schon gesagt, daß du ein guter Mensch, aber ein schlechter Kaufmann bist. Du machst dich unterdessen schön. Du hast doch deine Silbertaler noch?«

Das Kind hört irgendwann zu schreien auf, die Frauen arbeiten den ganzen Tag, die zwei streitenden Männer werden sich bis zum Abend nicht einig. Aber bevor die Sonne untergeht, kommt der Mönch zu Werner Munzingers Haus zurück, und ausnahmsweise hüpft und springt er nicht, sondern wankt unter der schweren Last eines ganz in weiße Tücher gehüllten Bündels. Der Mönch stolpert, und da lacht das Bündel. Werner kennt dieses Lachen. Seit über einem Jahr hilft ihm die Erinnerung daran in den Schlaf, wenn die Nacht gar zu einsam ist.

Werner übernimmt das weiße Bündel und trägt es ins Haus. Die Tür geht zu, eine blaue Nacht bricht an, und der Rest der Menschheit muß draußen bleiben. Denn die Tradition der Bogos will, daß das Brautpaar einen vollen Monat ungestört im ehelichen Heim bleibt und nie aus dem Haus geht. So weiß kein Mensch, was zu jener Zeit im Steinhaus geschieht. Aber immerhin könnte es sein, daß sich im Licht des Vollmondes ein unanständig neugieriger Schatten durch Werners Garten schleicht und die Brautleute belauscht.

»Glaubst du, daß wir jetzt gerade unser erstes Kind gemacht haben?«

»Was bist du dumm. Sind alle weißen Männer so dumm?«

»Wieso?«

»Hast du schon einmal ein Baby gesehen, Werner Munzinger? Das ist eine komplizierte Sache – so etwas macht man nicht auf die Schnelle an einem Abend.«

»Ach?«

»Nein, das solltest du wissen in deinem Alter. Wie alt bist du eigentlich?«

»Dreiundzwanzig.«

»Mit dreiundzwanzig sollte ein Mann wirklich wissen, wie man Kinder macht.«

»Dann sag mir doch: Was haben wir jetzt gerade gemacht?«

»Jetzt haben wir – die Nase des Babys gemacht. Es ist eine hübsche Nase, ich fühle sie in meinem Bauch. Aber es bleibt eine Menge Arbeit: zehn Fingerchen mit diesen winzigen Fingernägeln, zehn Zehen, je zwei Ärmchen und Beinchen, Bauch, Hals und Kopf, Augen, Ohren, Mund und Zähne, Zunge, Lunge, Magen ... Gott sei Dank haben wir neun Monate Zeit, sonst würde ich womöglich ein halbfertiges Baby zur Welt bringen.«

»Da müssen wir höllisch aufpassen, daß wir nichts vergessen. Und die Nase ist gut geraten, sagst du?«

»Es ist eine wunderschöne Nase.«

»Und was ist als nächstes dran?«

»Der Mund.«

»Das Mündchen?«

»Ein prächtiges kleines Schmollmündchen ...«

Schon am nächsten Morgen nisten sich im Strohdach über Werners still gewordenem Haus die Tauben ein. Der Vorplatz ist nach einer Woche übersät mit Ziegenmist und abgenagten Knochen, und dicke Spinnweben verwehren den Zutritt zum Liebesschloß. Die Nachbarn werfen im Vorbeigehen heitere Blicke auf das verwahrloste Haus, nicken leise und lächeln. Der hüpfende Mönch kommt jeden Abend in der Dämmerung, legt eine Schale Reis, ein gebratenes Hähnchen oder ein paar Datteln vor die Tür, segnet hastig das Haus und verschwindet wieder in Richtung Zad'amba.

21

Am Morgen des einunddreißigsten Tages verläßt Werner Munzinger das Brautgemach, aufrecht und mit einem dichten braunen Bart. Oulette-Mariam gesellt sich zu ihm. Unter halbgeschlossenen Lidern sieht sie auf ihren Mann hinunter, der an der Feuerstelle kniet und sorgfältig Holz aufschichtet, das dünne Reisig unten und die dickeren Äste obendrauf, wie er's gelernt hat.

»Du kannst kein Feuer machen, Werner Munzinger.«
»Natürlich kann ich Feuer machen!«
»Du kannst kein Feuer machen.«
»Aber sicher kann ich das! Wirst gleich sehen, wie mein Feuer brennt.«
»Das meine ich nicht. Du *solltest* kein Feuer machen.«
»Frauensache, wie? Bitte!« Werner lacht ärgerlich und tritt zur Seite, um seiner Frau die Feuerstelle zu überlassen.
»Was bist du dumm, Werner Munzinger. Ich bin deine Frau. Auch ich sollte kein Feuer machen.«
»Ach? Kannst du mir dann erklären ...«
»Wir brauchen Dienstpersonal. Zwei Mägde für mich und zwei Diener für dich.«
»Kommt überhaupt nicht in Frage. Mein Feuer zünde ich selbst an. Schließlich ist mir so schon die meiste Zeit langweilig.«

»Du bist dumm, Werner Munzinger. Wer so viele Silbertaler hat wie du, kann nicht leben ohne Dienstpersonal.«

»Ich kann!«

»Du würdest schlecht leben. Du hättest im ganzen Bogos-Land keinen Freund mehr. Die Leute würden denken, daß du geizig bist und dich nicht von deinen Silbertalern trennen kannst. Glaub mir, die Leute wissen genau, wieviel du mit deinen Handelsgeschäften verdienst. Zwei Mägde und zwei Diener sind das mindeste. Auf lange Sicht am günstigsten wäre es natürlich, Sklaven zu kaufen.«

»Das kommt überhaupt nicht in Frage. Überhaupt nicht in Frage kommt das, hörst du!«

Oulette grinst und zeigt ihre großen, weißen Zähne. »Schon gut, reg dich nicht auf. Freiheit, Gleichheit, Brüderlichkeit und diese Dinge, du hast es mir erklärt. Wenn du wirklich darauf bestehst, nehmen wir anstelle der Sklaven eben Bedienstete ins Haus.«

Werner macht einen letzten schwachen Versuch. »Das Haus ist zu klein. Die zwei Räume brauchen wir für uns.«

»Wir bauen zwei oder drei Hütten entlang der Hofmauer. Laß mich nur machen. Nimm dein Maultier und geh – was wolltest du heute unternehmen?«

»Messungen für die Landkarte machen.«

»Geh deine Messungen machen, Werner Munzinger. Und wenn du heute abend zurückkommst, stelle ich dir deine Diener vor.«

Seufzend packt Werner Schreibpapier, Meßlatte, Winkelmeßgerät, Fernrohrkompaß und Barometer auf das Maultier und macht sich davon. Und während er kreuz und quer durchs Bogos-Land reitet und mißt und rechnet und zeich-

net, fragt er sich unentwegt: ›Silbertaler, Schutzmauer, Steinhaus, Mägde, Diener – habe ich das alles wirklich gewollt?‹
Werner ist nun nicht mehr alleine. Im Schutz seiner Mauern leben sechs Menschen; wenn man den dicken Mohammed dazuzählt, der in Massaua auf Werners Rechnung Geschäfte macht, sind es sogar sieben. Die wollen alle ernährt und gekleidet sein und hin und wieder etwas Hübsches kaufen. Werner Munzinger tut, was er tun muß: Er verkauft die üblichen Kolonialwaren nach Europa, und die sich häufenden Silbertaler investiert er in fruchtbare Äcker und fette Weiden, in Saatgut und Vieh. Schon bald gehört Werner zu den wohlhabendsten und einflußreichsten Männern im ganzen Bogos-Land. Und wenn das Geld einmal nicht reicht für eine Anschaffung, so schreibt er einen Artikel, zum Beispiel für *Petermanns Geographische Mitteilungen,* Berlin. Denn das zivilisationsmüde Europa interessiert sich brennend für alles, was noch den Atem des richtigen Lebens atmet.

Ein Jagdausflug im Lande der Bogos
Von Werner Munzinger

Müde und halb krank von den Geschäften des Alltags, entschloß ich mich, ein paar Tage auf der Jagd zuzubringen. In der Ebene von Shotel, etwa zehn Kilometer südlich von Keren, vernahm ich von den Hirten, daß die Gegend von Rhinocerossen voll sei. Ich vertiefte mich mit meinen zwei Dienern, die meine Gewehre trugen, im Gehölz. Wir fanden sogleich zahlreiche Rhinocerosspuren, die sich vielfach kreuzten. Ich ging voran, einer meiner Leute hinter mir; der andere blieb etwas zurück, um sich über den Lauf einer frischen Spur zu vergewissern. Ich war kaum in das Gehölz hineingetreten, als ich zwanzig Schritte vor mir das dem Rhinoceros eigenthümliche Schnauben hörte. Ich nahm das Gewehr meines Dieners. Mein eigener Stutzen, der viel genauer und kräftiger ist, der mich nie im Stich läßt, den ich immer selbst lade und putze, der mein Bettgenosse ist, befand sich unglücklicherweise beim anderen Diener, der noch immer wohl vierzig Schritte von mir entfernt war. Auf ihn zu warten, war es zu spät; denn das Rhinoceros zeigte mit seinem Schnauben, daß es uns wahrgenommen hatte. In einer Minute mußte es entweder uns auf dem Leibe oder entflohen sein. So bewaffnete ich mich mit dem unzuverläßigen Stutzen und bewegte mich in der Richtung, woher das Schnauben kam, vorsichtig vorwärts; hinter einem Dornengebüsch befanden sich zwei Rhinocerosse, eine Mutter mit einem fast zwei Ellen langen Horn und ihr wohl dreijähriges Junges. Sie waren kaum zehn Schritte von mir entfernt, ohne meiner gewahr zu werden; ihre Aufmerksamkeit war auf meine beiden Leute gerichtet, die sich weiter unten befanden, und die Nashörner schickten sich an, sich auf sie zu werfen. Ich legte auf das Ohr der Mutter an, zielte lange – denn diesmal wollte ich ganz sicher sein, die Gelegenheit war zu köstlich –, ich zielte lange und schoß – die Kapsel platzte, ohne das Pulver zu entzünden. Während ich eine neue Zündkapsel aufthat, wandten sich die Thiere gegen mich; doch bevor ich neu anlegen konnte, verschwanden die Nashörner im Gebüsch. Die Schnelligkeit ihres Laufes und das Schnauben, das sie dabei ausstießen, erinnerten an die Locomotive, die Dampf ausläßt. Es war mir nicht mehr möglich, genau zu zielen; doch mußte ich an das Heil meiner Leute denken, die dem Angriff der Thiere ausgesetzt waren. Ich schoß; diesmal fing das Pulver Feuer; aber ich weiß nicht, wohin die Kugel gerathen ist.

Ich war fast zornig, während meine Leute große Freude über meine Rettung hatten. Denn, meinten sie, hätten sich die Thiere gegen mich gewandt, so wäre ich ohne Zweifel verloren gewesen; denn in meiner Nähe war kein hoher Fels und kein Baum, worauf ich mich hätte flüchten können.

Wir suchten die Spuren der verschwundenen Thiere; doch hatten sie so große Sätze genommen, daß es gleich vernünftig gewesen wäre, ihnen nachzugehen, wie einem abgegangenen Eisenbahnzuge nachzueilen.

Müde und durstig setzten wir unseren Weg bis zur unteren Quelle fort. Da entdeckte einer meiner Diener etwas Großes, Wildähnliches, das gerade am Rande des Wassers unter einem Baume im Schatten sich bewegte. Wir glaubten von neuem ein Rhinoceros zu finden, schlichen uns näher, wurden aber bald enttäuscht; es waren nur zwei wilde Rinder. Ich näherte mich bis vielleicht auf zweihundertfünfzig Schritte und schoß. Darauf fielen gleich beide Thiere um, da sie hintereinander gestanden hatten. Die Kugel hatte das voranstehende durchbohrt und das hintere leicht verletzt, so daß es noch entfliehen konnte.

Wir brachten nun den Tag damit zu, das Rind zu zerlegen und das Fleisch in lange schmale Streifen zu schneiden, die, wenn sie in der Sonne und Luft getrocknet sind, viele Monate sich halten, ohne zu verderben. Nach einer üppigen Mahlzeit legten wir uns in den Schatten der drei immergrünen Bäume, die ein dichtes Schattendach über die Quelle spannten.

Es war ein wahrer Feiertag. Den civilisirten Menschen in seinen steifen Kleidern und Manieren ergreift in seinem unruhigen Treiben oft ein Sehnen nach der alten, einfachen Zeit, wo man auf Äußerlichkeiten einen geringen Werth legte und eine faule, behagliche Armuth den oft sehr trügerischen Genüssen einer nie zufriedenen Civilisation vorzog. Der noch nicht verrostete Europäer gewöhnt sich sehr leicht an die Sitten wilder Völker und gefällt sich darin, weil diese Barbaren natürlicher sind und sich das Leben noch behagen lassen, während ein Wilder, nach Europa verpflanzt, sich nie wohl fühlen wird, gleich einer tropischen Pflanze, die in einen botanischen Garten verbannt ist. Das Interesse, das uns die Reisebeschreibungen aus Afrika und Amerika, das uns Romane aus dem Leben der Wilden einflößen, hat denselben Grund. Die Schilderung einfacher, natürlicher Sitten und Gefühle erinnert uns an das verlorene Paradies; wir fühlen, daß wir mit aller Cultur zu weit gegangen sind; das Äußerliche hat das Innerliche ersetzt, die Höflichkeit ist an die Stelle der Freundschaft getreten, die Materie an jene des Geistes. Dies waren ungefähr die Gedanken, die sich mir an jener Quelle aufdrängten. Ich streckte mich faul auf dem Rasen aus, hing ihnen nach, und der Traum meiner Jugend war wenigstens für einen Tag erfüllt. Mich umgaben uncivilisirte Menschen, keine Engel, aber Naturkinder, deren Laster sich noch unter die Zehn Gebote bringen lassen;

ich befand mich in einer fast nie beschrittenen, nur von wilden Thieren bewohnten Wildnis; auf einer Jagd, wo die Gefahr den Reiz erhöht.

Gegen Abend errichteten wir unser Nachtlager. Wir bauten einen soliden Zaun aus den Ästen des Dornenbaumes, häuften eine große Menge dürren Holzes auf und zündeten zwei Feuer an. Niemand dachte an Schlaf, und wirklich war es kaum Nacht, als von ferne zwei Löwen im Duett zu brüllen anfingen. Die Feuer loderten frisch angezündet zum Himmel empor, die Gewehre wurden sorgfältig nachgesehen. Die Löwen näherten sich immer mehr und kamen endlich zum Wasser, wo sie von Neuem ihr Gebrüll anfingen, das von ferne majestätisch, von nah ziemlich gemein tönt. Sie näherten sich mehrmals unserer Umzäunung, jedoch ohne sie anzugreifen. Löwen sind leicht zu verscheuchen, wenn man ein brennendes Holzscheit nach ihnen wirft oder sie mit der Steinschleuder trifft. Endlich ging der Mond auf; die zwei Löwen schienen sich entfernt zu haben, während ein dritter die ganze Nacht sich um die Quellen herumtrieb. Es schien uns gegen Mitternacht, als wenn er sich auf etwas gestürzt habe; wir hörten ein Schnauben, einen unterdrückten Schrei und dann eine ununterbrochene Stille. Der Morgenstern fand uns wachend neben unseren halberloschenen Feuern.

Im Licht des Morgens fanden wir etwa hundert Schritt von der Quelle entfernt die Reste eines Rinds, das der Löwe in der Nacht getötet und gefressen hatte. Von dem ganzen Thiere waren nur die Haut und die zwei Vorderbeine übrig.

Während der eine Diener das Frühstück bereitete,

streifte ich mit dem anderen zwischen den Steinblöcken und Dornen am Saum des Berges entlang in der Hoffnung, vielleicht auf ein weidendes Nashorn zu stoßen. Wir waren schon auf dem Rückweg und dachten ans Frühstück, als uns ein tragikomisches Abentheuer zustieß, das uns theuer hätte zu stehen kommen können. Die Felsenwände über der Quelle nämlich sind belebt von Tausenden von mittelgroßen Affen, die diese Gegend als ihr Revier betrachten. Wir waren wohl noch fünf Minuten davon entfernt, als wir bemerkten, daß die ganze Affenschaft ein scheußliches Gebrumme anfing. Wir sahen wohl, daß es uns galt. Hat der Affe Angst, so schreit er; ist er zornig, so brummt er. Daß der Affe den Menschen anzugreifen wage, wollte mir trotz aller Versicherungen der Landeseinwohner nie in den Kopf, und ich war sehr erstaunt, als die ganze Truppe im Sturmschritt in dichter Colonne sich ganz gerade gegen uns in Bewegung setzte. Von der Gefahr noch nicht überzeugt, wollte ich nicht unnütz mein Blei verschwenden, und vor dem Affenschießen hat es mir immer gegraut. Doch war die Colonne im Halbmond schon sechzig Schritte uns nahe gerückt, und die Gefahr war augenscheinlich. Ich legte meinen Stutzen an und schoß, und von den Bergen antwortete ein hundertfaches Echo. Die erschreckte Colonne machte linksum kehrt und verschwand vor unseren Blicken. Nur der Affe, den ich getroffen hatte, blieb liegen. Ich überließ ihm das Schlachtfeld und lief schnell zu unserem Lagerplatz zurück; denn es behagte mir kaum, mit den Affen einen ruhmlosen, aber gefahrvollen Kampf zu wiederholen. Hundert Hasen töten den Hund, sagt das Sprichwort.

Ich habe seither viel nachgefragt, und man hat mir mehrere Beispiele von Leuten angeführt, die von Affen gefährlich verwundet und nur mit Mühe gerettet worden sind. Ich kenne einen Mann, der infolge von Affenbissen ganz lahm ist. Die Affen umringten ihn, warfen ihn zu Boden und wollten ihm die Gedärme herausreißen, als herbeieilende Leute sie verscheuchten. Der Affenstaat bei Keren hingegen hat sich an den Menschen gewöhnt und thut ihm nie etwas zuleide, während die Affen der Wildnis, die ihn selten zu Gesicht bekommen, ihn natürlich als Feind betrachten.

Der Affe dieses Landes ist zwei bis vier Fuß hoch, das Weibchen etwas kleiner. Das Männchen hat den Hintern nackt und ist oberhalb der Hüfte grau bepelzt, während das Weibchen den ganzen Leib mit braunem Pelz bedeckt hat. Der Hauptfeind der Affen ist der Leopard, der auch in den Felsen wohnt und sich dann und wann die Freiheit nimmt, sein Frühstück in der Affencolonie zu holen. Die Affen stoßen bei seinem Annähern ihr Gebrumme aus und wehren sich recht gut, wenn sie angegriffen werden. Meinem Hund hat ein Affe ein handgroßes Stück Haut und Fleisch herausgebissen, ganz glatt, wie mit einem Rasiermesser.

Nach dem Frühstück stieß ein Bekannter aus Keren zu uns und überbrachte mir Nachrichten, die mir schleunige Rückkehr anbefahlen. Nur mit schwerem Herzen trennte ich mich von dieser Wildnis und vergaß nicht, uns ein baldiges Wiedersehen zu wünschen.

22

Mai 1856, zweitausend Kilometer westlich von Keren. Auf einem prächtigen Schimmel reitet ein mondgesichtiger junger Mann mit hochgeschlossenem weißem Hemd und schwarzem Schlips in der flimmernden Hitze durch die sudanesische Wüste. Immer weiter entfernt er sich von den grünen Ufern des Tschad-Sees, von wo er vor einem Monat aufgebrochen ist mit einem einzigen, großen Gedanken hinter der runden Stirn: Er will die Quelle des Nils entdecken, die schon die alten Griechen suchten. Und er will das sagenhafte Mondgebirge sehen, von dem Europa seit tausendfünfhundert Jahren träumt. Dann wird er so schnell als möglich nach Deutschland zurückkehren, von irgendeiner Universität den Ehrendoktor als Afrikaforscher in Empfang nehmen und spätestens in zwei Jahren in den verdienten Ruhestand treten. Mit Afrika kann Dr. Eduard Vogel offen gestanden wenig anfangen: Die Hitze ist entsetzlich, die Mücken treiben ihn zum Wahnsinn, das Essen spottet jeder Beschreibung, und dann können die Sudanesen nicht einmal Deutsch oder wenigstens Englisch. Dr. Vogel ist ziemlich einsam. Seine einzige Freude ist der prächtige Schimmel, um den ihn alle beneiden.

Es wird Abend, und Dr. Eduard Vogel trifft in Borku im Königreich Wadai ein. Er bahnt sich einen Weg durch die dichte Schar von nackten Kindern, die aus tausend Strohhütten herbeiströmen. ›Was die Gören bloß haben?‹ denkt Dr. Vogel, die mädchenhaft großen Augen verlegen niedergeschlagen. Er schaut hinunter in die lachenden Kindergesichter, er hört ihr unverständliches Geschrei, und das Leuchten ihrer Augen tut ihm irgendwie in der Seele weh. Immer näher umzingeln die Kleinen seinen prächtigen Schimmel, der unruhig die Ohren aufstellt; schon greifen die Mutigsten mit spitzen Fingern ins weiße Fell, zwei übermütige Ärmchen umfassen Dr. Vogels rechten Lederstiefel – da macht er sich unwillkürlich mit einem heftigen Fußtritt frei und trifft mit der Stiefelspitze eine weiche Mädchennase, die sofort zu bluten anfängt. Dr. Vogel ist peinlich berührt; das hat er nun gerade nicht gewollt. Das Mädchen rennt weg, die anderen Kinder lachen unbeeindruckt weiter und rücken noch näher. An ein Weiterkommen ist in diesem dichten Meer von runden Gesichtern nicht mehr zu denken, der Schimmel wiehert, und Dr. Vogel ist in Sorge. »Ach Kinder, wo sind bloß eure Eltern?« ruft er auf deutsch, und die Kinder kreischen vor Freude über die ungewohnten Töne. In seiner Not erwägt unser Afrikaforscher ernsthaft, die Reitpeitsche zu zücken, als endlich ein Mann herankommt, der die Kinder mit gleichgültigen Stockschlägen auseinandertreibt.

»Willkommen im Königreich Wadai, Eduard Vogel.« Der Mann spricht Englisch und wußte natürlich schon seit Tagen vom bevorstehenden Besuch. »Ich bin Germa, der persönliche Berater des Sultans. Seine Hoheit hat mich beauftragt, dir ein Strohhaus zu geben und dir jeden weiteren Wunsch zu erfüllen.«

Dr. Vogel ist erleichtert.

Germa führt Vogels Schimmel an den Zügeln durch die engen Gassen.

»Ein schönes Pferd hast du da.«

»Ja, sehr schön.«

»Wirklich ein herrliches Tier.«

»Hmm.«

»Du solltest es dem Sultan schenken.«

»Was? Nein. Wieso?«

»Der Sultan hat von deinem Schimmel gehört und möchte ihn haben. Du bist sein Gast und genießt seinen Schutz. Hör auf mich, ich meine es gut mit dir. Du solltest ihm das Pferd schenken.«

Da richtet sich Dr. Eduard Vogel aus Leipzig in seinem Sattel hoch auf. »Soll das eine Drohung sein? Bestell deinem Sultan, daß ich mein Pferd nicht hergebe, weil ich noch eine weite Reise vor mir habe und nicht zu Fuß gehen will.«

Germa sieht dem Fremdling stirnrunzelnd in die Augen. Dann zuckt er mit den Schultern und läßt die Zügel los. »Dort hinten steht deine Hütte. Eine Dienerin wird dir Essen und Trinken bringen. Ich selber werde am Abend noch einmal vorbeischauen.«

Der Mann läßt Dr. Vogel stehen. Kaum ist er weg, rücken schreiend die Kinder heran. Der Abenteurer flüchtet in sein Haus, das Pferd nimmt er vorsichtshalber mit hinein.

Abend. Schritte kommen näher.

»Na, Eduard Vogel? Alles in Ordnung?«

»Danke. Danke verbindlichst.«

Germa drängt Dr. Vogel ins Haus und schließt sorgfältig die Tür. »Ich habe mit dem Sultan über dein Pferd gesprochen. Er war sehr verwundert, daß du ihm seinen Wunsch nicht erfüllen willst. Ich habe dem Sultan erklärt, daß in Deutschland Gastgeschenke nicht üblich sind. Das stimmt doch?«

»Ja. Nein. Ich weiß nicht.«

»Du bist ein undeutlicher Mensch, Eduard Vogel. Nun ja, wie auch immer: Der Sultan läßt dich fragen, welchen Preis du für dein Pferd verlangst.«

Eine feine Zornesfalte gräbt sich in Dr. Vogels runde Stirn. »Sag deinem Sultan ein für allemal: Ich gebe mein Pferd nicht her.«

Am nächsten Morgen ist Dr. Eduard Vogels Hütte leer, der Schimmel samt Reiter und Ausrüstung verschwunden. Im ganzen Dorf findet sich keine Spur des steifen Besuchers aus dem Norden. Ist er geflohen und hat sein Pferd vor der Begehrlichkeit des Sultans in Sicherheit gebracht? Dr. Eduard Vogel ist wie vom Erdboden verschluckt, auch in den umliegenden Dörfern weiß niemand etwas, selbst nach Tagen und Wochen nicht.

23

»Jetzt hör auf zu fressen, du Arschloch!«

Jaßkarten fliegen.

»Komm, spiel weiter, reg dich nicht auf.«

Stühle rücken, Gläser klirren.

»Du sollst aufhören zu fressen, sage ich! Entweder fressen oder jassen, beides geht nicht!« Der kleine Rocker Willy fletschte die Zähne, sein schütterer kleiner Schnurrbart zitterte hysterisch. Erstaunt ließ ich mein Papierbündel sinken und schaute auf die Uhr. War es wirklich schon zehn? Ich will damit nicht sagen, daß die vier Jasser ausnahmslos jeden Abend um Punkt zehn einen Streit vom Zaun brachen. Das wäre übertrieben; denn sehr oft ging der Lärm erst um 22.15 oder gar 22.25 Uhr los.

»Aber du siehst doch, ich fresse und jasse, das geht wunderbar!« Der große Hippie Werner hielt die Karten in der linken Hand und die Gabel in der rechten. Die Pommes frites ragten ihm beidseits aus den grinsenden Mundwinkeln. Er sah aus wie ein Nilpferd, das einen Lattenzaun frißt.

»Eben geht's nicht, du Arschloch! Schau doch, was du für einen Mist zusammenspielst – As zu zweit macht man *nie* vorhand Trumpf, und wenn schon, zieht man ganz sicher nicht an! Also: Hörst du jetzt auf zu fressen, oder hörst du nicht auf zu fressen?«

»Ich fresse, bis der ganze Teller leer ist, du Schafseckel. Ich hatte eben einen Dreifärber, und den schiebe ich nie. So gut wie du jasse ich noch lange, da kann ich nebenher gleichzeitig fressen, saufen, rauchen, die Zeitung lesen und mir einen runterholen.«

»Zum letzten Mal: Hörst du jetzt auf zu fressen, oder hörst du nicht auf zu fressen?«

»Ich fresse, bis der ganze Teller leer ist.«

»Wenn das so ist...«

Es fliegen noch mehr Jasskarten, ein Stuhl fällt um, zwei Stiefel stampfen zum Ausgang, die Tür fällt ins Schloß. Ich bestellte noch ein Bier und wollte zu meiner Lektüre zurückkehren, als Werni mir zurief: »He, Turteltäubchen, hast du Lust auf ein Spiel? Wir brauchen einen vierten Mann.«

»Bist du fertig mit Fressen, oder bist du nicht fertig?« gab ich zurück.

»Ich bin fertig mit Fressen. Aber jetzt fang ich an zu saufen, wuhaha.« Die übriggebliebenen Jasser lachten und grölten, als die Tür aufflog und der kleine Willy wieder hereingestiefelt kam. Mit lang ausgestrecktem Arm deutete er auf Werni und schrie: »Nie wieder jasse ich mit dir, du Arschloch!«

»Fein! Das ist nett.«

Willy setzte sich wieder an seinen Stammplatz. Wahrscheinlich freute er sich, daß der Stuhl noch die Wärme seines eigenen Hinterns abstrahlte. »Im Scheißhaus ersäufen sollte man dich! Fressen und jassen gleichzeitig – ersäufen sollte man dich!«

»Ersäufen? Das mache ich schon selber, keine Angst – Rosie, noch ein Bier!«

Dann ging das Gelächter wieder los, und Willy raffte die Karten zusammen und teilte hastig neu aus, um die verlorene Zeit wettzumachen. Ich kramte in meinen Taschen nach Kleingeld für den Zigarettenautomaten. Das sah der kleine Willy, und wieder breitete sich leuchtende Begeisterung auf seinem Gesicht aus. »Guru, Guru! Schaut doch mal zu! Er telefoniert und bittet um Ruh!«

Und wieder das Gelächter und Gegröle, und wieder das Schenkelklopfen und Schulterknuffen. Der große Werni hatte Tränen in den Augen. »Wahnsinn, Willy, das reimt sich ja! Guru-Guru-schaut-doch-mal-zu, Wahnsinn, wuhaha!«

Ich lächelte blöde, verlegen und heuchlerisch, wie das nun mal meine Art ist. Sollte ich jetzt des langen und breiten erklären, daß das Kleingeld für Zigaretten und nicht fürs Telefon bestimmt war? Eigentlich war Willys Idee gar nicht so schlecht. Vielleicht sollte ich tatsächlich Polja anrufen; immerhin war es ein merkwürdiger Zufall, daß wir beide nach diesem abgelegenen Kairo geflogen waren und einander womöglich in der Luft gekreuzt hatten. Vielleicht war Polja sogar im Hotel Carlton abgestiegen, solche Dinge passierten zuweilen. Irgendwo hatte ich doch noch die Hotelrechnung, da war bestimmt die Telefonnummer drauf...

»Hotel Carlton, Kairo, hallo?«

»Guten Abend, ich hätte gerne mit Miss Polja gesprochen. Ist sie auf dem Zimmer?«

»No, Sir. Miss Polja ist auf der Dachterrasse.«

»Oh. Schon lange?«

»Ziemlich lange, Sir, ungefähr seit Sonnenuntergang. Soll ich Sie verbinden?«

Es knackte und summte, dann war die Leitung wieder klar.

»Hallo?«

»Polja, bist du das? Hier spricht Max, Max Mohn aus Olten, da staunst du, wie? Eben hat mir Werni gesagt, daß du nach Kairo geflogen bist, ja was, hab ich gesagt, das ist mir aber ein Zufall, jetzt war ich doch gerade neulich ...«

»Max?«

»Ja?«

»Du bist ein Vollidiot.«

»Was, wieso? Was kann ich denn ...«

»Sprich es mir nach.«

»Was?«

»Daß du ein Vollidiot bist.«

»Also gut. Ich bin ein Vollidiot.«

»Hihi.«

Oho. Polja hatte ein kleines Lachen in den Telefonhörer und hinaus ins Weltall geschickt; Gott sei Dank schwebte dort oben ein Satellit, der es einfing und in die Sprechkabine des Restaurant ›Ochsen‹ weiterleitete. Ich gab ebenfalls ein kleines Lachen von mir. »Soll ich dich am Flughafen abholen, wenn du nach Hause kommst?«

Einen langen Augenblick hörte ich nichts als das Rauschen der Sonnenwinde, die am Satelliten vorbeistrichen. »Also gut. Übermorgen 17.48 Uhr, Terminal B.«

»Soll ich mit deiner Harley hinfahren?«

»Waas?«

»Ich meinte nur, ich könnte dir ja dein Motorrad an den Flughafen bringen.«

»Waaas? Also, Max, du bist wirklich ein ...« Sie kicherte.

Langsam ging mir das Kleingeld aus; ich mußte das Gespräch zu einem natürlichen Abschluß bringen.

»Die Aussicht von der Dachterrasse ist wunderbar, nicht wahr?«

»Wunderbar, ja. Aber die Leute hier oben sind weniger wunderbar.«

»Wieso?«

»Die Frauen sind alle Nutten und die Männer lauter Freier.«

»Ach? Ich war ganz allein auf der Terrasse.«

»Wirklich?« Und mit einem abermaligen Kichern: »Sag mir, Max: Wie ist das eigentlich für einen Mann, wenn er zu einer Prostituierten geht?«

Ich schluckte. »Keine Ahnung.«

»Ach komm schon, sag es. Mir zuliebe.«

»Aber ich bitte dich, woher sollte ich das wissen?«

»Warst du noch nie im Puff?«

»Nein.« Ich wollte eben die letzte Münze einwerfen, entschied mich aber anders und steckte sie wieder in die Hosentasche.

»Du warst ehrlich noch nie im Puff?«

»Nein, verdammt!« Warum brach die Telecom dieses Gespräch nicht ab? Ich hatte doch seit mindestens zwei Stunden nicht mehr nachgezahlt.

»Das ist interessant«, sagte Polja. »Meine Mutter hat da eine Theorie. Sie sagt immer, daß es drei Sorten von Männern gibt: erstens jene, die regelmäßig zweimal monatlich ins Puff gehen; zweitens jene, die nur einmal und dann nie wieder hingehen. Und du gehörst offenbar zur dritten Gruppe.«

»Ach?«

»Jawohl. Du bist anscheinend einer von den Männern, die aus Geiz oder Ängstlichkeit oder sonstwelchen Gründen nie ins Puff gehen, aber ein Leben lang davon träumen.«

»Also das ist doch ...«

»Reg dich nicht auf, Max! Schreib mir einfach, was du von Mamas Theorie hältst – heute abend noch, mir zuliebe. Die Fax-Nummer des Carlton steht auf deiner Hotelrechnung. Gute Nacht.«

»Gute Nacht.«

Ich wartete darauf, daß Polja auflegte, und lauschte dem lauter werdenden Rauschen der Sonnenwinde.

»Max, bist du noch da?«

»Ja.«

»Ich habe mir dein Zimmer geben lassen. Das Kopfkissen riecht noch nach deinem Rasierwasser.«

Freizeichen. Ich hängte ein, schwebte wie ein Schlafwandler zurück an meinen Platz, bestellte das nächste Bier und beugte mich über meinen Papierstoß.

24

Keren, im Juli 1858. Zwei Jahre sind vergangen seit Werner Munzingers Hochzeit, und er ist nicht wiederzuerkennen: Aus dem unreifen Jüngling ist ein Mann geworden. Auf dem schönsten Maultier von ganz Keren reitet er heimwärts von seinen Weiden und Äckern. Er ist zufrieden mit seinen Bauern – die Rinder sind fett und vermehren sich fleißig, die Äcker versprechen eine prächtige Ernte. Bald wird die Landwirtschaft mehr abwerfen als die Handelsgeschäfte; das Honorar für seine völkerkundlichen und geographischen Artikel hätte Werner längst nicht mehr nötig. Quer durchs Dorf den Hügel hoch führt ihn sein Weg, wo inmitten von Strohhütten leuchtend weiß getüncht sein Steinhaus steht. Die Männer auf der Straße grüßen respektvoll, und die Frauen tuscheln unter der Haustür, wenn sie sich unbeobachtet glauben.

Da erhebt sich plötzlich von überall her ein fürchterliches Geschrei. Der Lärm scheint aus allen Gassen gleichzeitig zu kommen, richtungslos und unvorhergesehen wie ein Sandsturm, der schlagartig das Sonnenlicht schluckt und den Tag zur Nacht macht. Unruhig stellt Werners Maultier die Ohren auf; immer näher kommt das Wehklagen von Weibern und das Zorngebrüll von Männern. Werner wendet sein Maultier und stellt sich der Woge entgegen.

Allen voran laufen vier junge Mädchen, die von Kopf bis Fuß mit Blut beschmiert sind; es tropft ihnen aus Haaren und Kleidern und hinterläßt auf der staubigen Straße eine breite rote Spur. Hinter ihnen folgen vier Männer, die ein blutiges Bündel tragen, gefolgt von einer unüberblickbaren Menschenmenge, welche die Fäuste schüttelt und durcheinanderschreit. Werner sieht genau hin – das Bündel ist ein Männerkörper, dem jemand Kopf, Hände und Beine abgeschlagen hat. ›Wahrscheinlich mit einem Beil‹, denkt Werner, und dann schämt er sich seines technischen Gedankens.

»Aus dem Weg, Werner Munzinger!«

Werner steigt vom Maultier und geht auf das blutige Bündel zu. »Wer ist das?«

»Unser Vater! Unser Vater!« schreien die vier zu Tode entsetzten Mädchen.

»Mach Platz, Werner Munzinger! Geh uns aus dem Weg!« rufen die vier Männer, die Lanzen tragen und denen Tränen der Wut in den Augen stehen. Es sind die Brüder der schreienden Mädchen.

»Wohin lauft ihr mit dem Leichnam?«

»Wir töten den Mörder unseres Vaters!«

»Und da schleppt ihr seine Leiche durch die Gegend wie eine geschlachtete Kuh? Kommt in mein Haus, dort wollen wir euren Vater in weißes Leinen hüllen, wie es die Sitte vorschreibt.«

Die Töchter verstummen, die Söhne sehen einander ratsuchend an. Schließlich kommen sie zum Schluß, daß der Respekt gegenüber dem Vater vordringlich sei, und tragen den Leichnam zum Steinhaus. Werner bringt einen Ballen weißes Leinen, drängt allen Honigwein auf und läßt sich das Drama erzählen.

Das Unglück war einen Tag zuvor über die Familie der jungen Leute hereingebrochen. Ein Onkel von ihnen war mit seinem besten Freund auf Wildschweinjagd gegangen. Wie es unter Jägern Brauch ist, trennten sie sich, um einander das Wild zuzutreiben. Als nun der Onkel im Gebüsch ein Rascheln hörte, schleuderte er blitzschnell seine Lanze – und durchbohrte seinen besten Freund. Voller Entsetzen floh der Onkel nach Hause, denn zum Grauen über seine Tat kam die Angst vor der Blutrache. Noch blieb die Hoffnung, daß der Freund überleben würde; sollte er aber sterben, wollte der Onkel sofort den Blutpreis von hundertvierundvierzig Kühen bezahlen.

Das Opfer starb in der Nacht. Im Morgengrauen machten sich seine drei Brüder auf, die Tat zu rächen, wie es das Gesetz vorschreibt. Auf der Straße begegneten sie aber nicht dem Onkel selbst, sondern dessen Bruder, der noch nichts vom Jagdunfall wußte. Nach dem üblichen Gruß und Händedruck durchbohrten sie den nichtsahnenden Vater der jungen Leute mit der Lanze und hieben dem Leichnam die Hände, die Füße und den Kopf ab. Das Schwert des Getöteten nahmen sie als Trophäe mit.

Schrecklicherweise geschah es, daß die vier Töchter des eben Ermordeten an jenem Morgen früh auf Holzsuche gingen und den verstümmelten, im Blut schwimmenden Leichnam fanden. Die Mädchen warfen sich heulend auf die Leiche und tranken sich vom Blut des Vaters voll, bis die Brüder, vom Geschrei ihrer Schwestern alarmiert, den Körper davontrugen.

Werner Munzinger dazu in seinem Tagebuch, das er demnächst umschreiben und als wissenschaftliches Werk veröffentlichen will:

Es gelang mir, mit milden Worten ihren ersten Zorn abzukühlen, so daß die Blutrache seitdem keinen weiteren Fortgang gehabt hat. Und da die zwei Todesopfer von gleichem adligen Stand waren, d.h. den gleichen Blutwerth haben, so werden die beiden Parteien einst ohne allen weiteren Blutpreis Frieden machen. Man darf nicht außer Acht lassen, daß die Blutrache nicht nur ein Recht, sondern eine heilige Pflicht ist. Der Bluträcher schont selbst seine innigsten Freunde nicht, da vor den Toten alle menschlichen Rücksichten verschwinden. Dies ist das Hauptunglück der Stämme und der Hauptgrund der Entvölkerung der Grenzländer Abessiniens. Blut wird nie verziehen, und die Kinder saugen den Rachedurst mit der Muttermilch ein.

25

Keren, ein Jahr später. Werner Munzinger steht hinter dem Haus bei der Pferdekoppel und hat ein seltsames Lächeln im Gesicht. In der Hand hält er ein Büchlein von knapp hundert Seiten. Mal sieht er sein Maultier an und murmelt etwas Unverständliches, dann schlägt er zum x-ten Mal das Buch auf und liest den Titel: »*Über die Sitten und das Recht der Bogos*. Von Werner Munzinger. Mit einer Karte der nördlichen Grenzländer Abessiniens und einem Vorwort von J. M. Ziegler.« Werner schüttelt den Kopf wie ein junges Mädchen, dem jemand einen unanständigen Antrag gemacht hat. Zwischen den Buchseiten stecken Zeitungsausschnitte aus dem ›Oltner Wochenblatt‹: »Werner Munzinger aus Olten hat wieder von sich hören lassen«, und der ›Neuen Zürcher Zeitung‹: »Unser junger Landsmann ist ganz dazu angethan, in die Fußstapfen der Erdforscher und Weltumsegler ersten Ranges zu treten und mehr und mehr die Augen von Europa auf sich zu ziehen.«

An jenem Morgen hat der Kurier noch mehr Post aus Massaua gebracht. Ein blutrotes Schweizerkreuz prangt auf dem Umschlag, und darunter steht »Schweizerische Eidgenossenschaft. Bundesrath«. Werner zieht seinen Dolch und schlitzt den Umschlag auf:

... beauftragt Sie der Bundesrath hiermit, an der deutschen Expedition zur Auffindung des verschollenen Dr. Eduard Vogel theilzunehmen. Sie reisen als Vertreter der Schweizerischen Eidgenossenschaft und erhalten zu diesem Behufe aus der Bundeskasse einen Kredit von 5000.– SFr. Während der Expedition stellen Sie völkerkundliche und geographische Forschungen an und ergänzen die Sammlungen des Polytechnikums. Die schweizerische Landesregierung wünscht Ihnen...

28. Oktober 1861, Ende der Regenzeit. Die Expedition bricht von Keren auf. Vorerst führt der Weg auf der bekannten Karawanenstraße ins abessinische Hochgebirge. Werner Munzinger reitet auf seinem Maultier voran, hinter ihm der deutsche Geograph Dr. Theodor Kinzelbach, gefolgt von sieben Dienern zu Fuß und ebenso vielen Maultieren, die schwer mit Mehl, Reis, Kaffee, rotem Pfeffer und wissenschaftlichen Instrumenten beladen sind. Nach wenigen Tagen verläßt der Trupp die Karawanenstraße und zieht westwärts gegen Wadai, wo sich vor fünf Jahren die Spur des unglücklichen Dr. Eduard Vogel verloren hat. Der Weg ist übersät mit dem Geröll eines längst zerfallenen Gebirges und überwachsen von stahlhartem Dornengesträuch, dessen spitze Stacheln sich tief in die wundgescheuerten Hufe der Maultiere bohren. Ganze Tage müssen Kinzelbach und Munzinger zu Fuß gehen und die Tiere mühsam im Zaum halten. Mal führt der Weg über Hochplateaus in zweitausend Metern Höhe, dann stürzt er ab in schreckliche Schluchten, überquert tückische Flüsse, um am anderen Ufer qualvoll wieder himmelan zu steigen. Und jeden Tag

zeichnen die beiden Forscher an ihrer Landkarte und füllen in enger, platzsparender Schrift die Seiten ihrer kleinformatigen Tagebücher.

Eines Abends wird die Karawane beim Abstieg in ein Tal von der Dämmerung überrascht.

In der Hoffnung, auf ein Dorf zu stoßen, eilen wir das Thal hinunter; die Aussicht auf ein freundliches Lagerfeuer und eine heiße Milch spornt unsere Schritte an. Den Dienern vorauseilend, komme ich mit Hrn. Kinzelbach im Thal an und erblicke zur Linken Lagerfeuer. Wir stolpern über Stock und Stein in der sehr finsteren Nacht. Das Licht läuft vor uns her; wir rufen unsere Gefährten mit Flintenschüssen und haben kaum noch drei und nicht sehr sichere Schüsse, als wir neben dem hohen Lagerzaun ankommen. Da wir weder Thür noch Thor sehen, rufen wir, aber die Hirten, durch das Schießen erschreckt, halten uns für abessinische Soldaten und bedeuten uns, uns schnell fortzumachen. Ein Wort gibt das andere; die Leute des Dorfes, die einen Trupp Soldaten vor sich zu haben meinen, öffnen plötzlich den Zaun und dringen mit wildem Kriegsgeschrei auf uns ein. Die Lanzen blitzen in der Nacht. Ich sehe die Gefahr und bitte Kinzelbach, sein Gewehr bereitzuhalten, da in keinem Fall Flucht etwas nütze; ich ziehe meinen Revolver aus dem Halfter; aber da ich als alter Bewohner des Landes wohl weiß, daß viele Hunde des Hasen Tod sind und Feuerwaffen in der Regenzeit auch den Dienst versagen können; da ich bedenke, daß es hier zu Land fast ebenso mißlich ist, zu töten als getötet zu werden, stecke ich die Waffe wieder an ihren Platz und trete, meine Nilpeitsche in der Hand, in die Mitte der tobenden Hirten. Ich fasse den ersten besten, der mir ein bejahrter Mann zu sein scheint, und frage ihn, was sie zu dieser Handlungsweise bringe. Auf mein Zureden besänftigt sich der Haufe; ich beklage mich über die verweigerte Gastfreundschaft. Die Leute erwidern, sie hätten uns für Soldaten gehalten; schon gestern seien sie von solchen übel zugerichtet worden; sie bitten, die Sache nicht übelzunehmen und jetzt mit ihnen zu übernachten. Da aber die Gastfreundschaft einmal verletzt und zu fürchten ist, der Streit könnte zum zweiten Mal ausbrechen, lehne ich das Anerbieten ab.

Ende November ist die nordwestlichste Ecke Abessiniens erreicht. Die Diener wollen nicht weiter vordringen und kehren um. Kinzelbach und Munzinger steigen allein hinunter in die menschenleeren Tiefen der sudanesischen Steppe. Sie reiten durch mannshohes Schilfgras, riesige Büffelherden ziehen am Horizont vorüber, Elefanten, Nashörner und Giraffen kreuzen ihren Weg. Dann und wann brüllt ein Löwe, nachts bellt die Hyäne; das bereitet Werner schon längst keine schlaflosen Nächte mehr. Ganz unbemerkt aber hat sich ihm ein Feind genähert, der schrecklicher ist als alle anderen Gefahren. Noch fühlt Werner sich wohl und in Sicherheit – die Revolver sind geladen, Säbel und Nilpeitsche griffbereit, die Maultiere haben sich gut von der Plackerei im Gebirge erholt. Natürlich, da sind die Stechmücken, etwas zahlreicher als in Keren vielleicht, aber daran gewöhnt man sich. Werner schlägt sich mit der flachen Hand auf die Wange und beendet ein kleines Leben. So kann er das Tierchen nicht sehen, und das ist schade. Denn sonst wäre ihm vielleicht aufgefallen, daß die Stechmücke sich anders verhalten hat als alle Mücken, die Werner jemals im abessinischen Hochland gestochen haben. Diese hier hielt in den letzten Sekunden ihres Lebens den Hinterleib und das hinterste Beinpaar zierlich nach oben, während sie den Rüssel durch Werners Haut bohrte. Das ist ein feiner Unterschied, gewiß, und er wäre nicht der Rede wert, gäbe es da nicht einen zweiten, weit schwerwiegenderen, der zu Munzingers Zeit noch nicht bekannt ist: Diese Mücke trägt den wissenschaftlichen Namen Anopheles, und sie überträgt Malaria. Während sie zusticht, gleiten ein paar winzige Sporentierchen durch den Rüssel unter Werners Haut; und während er gedankenlos seine juckende Wange reibt, machen sich die Sporentierchen auf zu einer wilden Flußfahrt durch seine Blutbahnen. In den nächsten Tagen wird Werner Berge besteigen, grenzenlose Weiten durchreiten und Wörterbücher zu nie gehörten Sprachen anlegen. Auch wenn er nicht so geschäftig wäre, würde er kaum bemerken, daß die Sporentierchen ihre Flußfahrt in seiner Leber unterbrechen. Zwei Wochen bleiben sie dort und vermehren sich kräftig. Aber am 9. Dezember 1861 verlassen die Sporentierchen Werners Leber, schlüpfen in vorbeiziehende rote Blutkörperchen wie Landstreicher in einen Planwagen. Und während Werner ißt und nachdenkt und schreibt und sein Maultier bepackt, vermehrt sich jedes Sporentierchen zehn- und zwanzigfach.

Am 12. Dezember klettern Munzinger und Kinzelbach auf den Berg von Algeden, etwa siebzig Kilometer östlich von Kassala; abends fühlt sich Werner schlecht. »Ich werde mich auf dem Berg wohl erkältet haben«, schreibt er in sein

Tagebuch – aber das ist es nicht. Die infizierten roten Blutkörperchen sind zerfallen und haben Millionen von Sporentierchen samt zugehörigen Giftstoffen freigegeben. Werners Körper reagiert mit 41 Grad Fieber. Am anderen Tag liegt er irgendwo im Schatten eines Gebüschs, krümmt sich unter rasenden Kopfschmerzen und Bauchkrämpfen, fast besinnungslos übergibt und entleert er sich in den Staub, und Theodor Kinzelbach sitzt von früh bis spät ratlos daneben.

Am nächsten Morgen geht es Werner Munzinger besser, die Reise kann weitergehen. In Werners Adern aber bahnt sich das nächste Drama an: Die Sporentierchen sind in zwanzigfacher Zahl über unversehrte Blutkörperchen hergefallen, um sich aufs neue zu vervielfachen und in achtundvierzig Stunden einen neuen Fieberschub auszulösen.

Chartum, 18. März 1862

Lieber Walther!

Unsere liebe Mutter will meinen Betheuerungen nie Glauben schenken, daß ich wohlauf bin und keinerlei Noth leide. Diesmal geht es mir wirklich schlecht. Eine excessive Erkältung, die sich meiner bei der Besteigung des hohen Berges von Algeden bemächtigte, trug mir das erste Fieber meines Lebens ein. Ein paar Tage Ruhe hätten mich vielleicht wiederhergestellt, aber die Nachricht, daß sich abessinische Soldaten auf Raubzug näherten, zwang uns zur Weiterreise. Um das Unglück vollzumachen, erkrankte auch Herr Kinzelbach infolge eines Sonnenstichs.

So kamen wir mit viel Mühe den 22. Dezember in Kassala an, wo wir uns in eine Hütte legten und mehr als sieben Wochen das Licht der Sonne kaum mehr sahen. Wir ermangelten jeder Pflege, da jeder von uns für sich selbst zu sorgen hatte und die geängstigten Dorfbewohner Besseres zu thun hatten, als Christen zu pflegen. Immer wieder hatte ich Fieberanfälle, die mich fast herunterbrachten und mir jede geistige Arbeit verboten.

Trotzdem hat sich die Reise bisher gelohnt. Beim Volk der Kunama habe ich vorgefunden, was ich bisher für undenkbar hielt: einen Menschenschlag, der weder Götter kennt noch Götzen, kein Gebet und keine Offenbarung. Ganz wie unsere materialistischen Philosophen sind sie überzeugt, daß jede Idee von einem Leben nach dem Tode ein thörichtes Hirngespinst sei. Ihre Religion, wenn es denn eine ist, beschränkt sich auf eine unendliche Ehrfurcht vor dem Alter und eine ehrerbietige Pflege der Grabstätten. Ist's gut oder schlecht? Ich weiß nur, daß diese Menschen Demokraten sind wie sonst kaum jemand auf der Welt; sie kennen keine Aristokratie der Geburt, des Geldes oder des Geistes, keine Sklaverei und keine Familie; alles geht in der Gemeinschaft auf. Die Ordnung erhalten sie aufrecht durch ein Gleichgewicht der Kräfte, in dem keiner besser ist oder sein will als der andere. So sehen wir ein Volk, das keinen Staat und keine Kirche nöthig hat, um friedlich und glücklich zu leben; wenn man es vor dem Luftzuge der Geschichte bewahren könnte, würde es noch hunderttausend Jahre existieren, ganz im Gegensatz zu den aristokratischen Nachbarvölkern Abessiniens, die sich aus Adelsstolz, Habsucht und Ehrgeiz gegenseitig vernichten.

Erst nach sieben Wochen fiebriger Langeweile auf dem Krankenlager waren Kinzelbach und ich soweit wiederhergestellt, daß wir den 10. Februar nach Chartum aufbrechen konnten. Der Bequemlichkeit halber ritten wir nicht dem Sonnenuntergang entgegen, sondern vorerst fünfhundert Kilometer nordwärts nach Ed Damer, wo wir unsere entkräfteten Körper auf eine Barke schleppten und dann flußaufwärts bis nach Chartum fuhren.

Seit unserer Ankunft hier in Chartum am 10. März habe ich nur einen leichten Fieberanfall gehabt; aber du hast keinen Begriff von der Schwäche, die das Fieber hervorbringt. Meine Beine können mich kaum tragen; ich bin sehr empfindlich gegen die Sonne geworden, der ich mich früher barhaupt aussetzte; rheumatisches Zucken und Zwicken in Bein und Rücken mahnen mich daran, daß ich noch immer Patient bin. Die Weiterreise wird auch nicht gerade eine Badekur werden, aber wir wollen das Beste hoffen.

Zu meiner Freude erreichte uns aus Deutschland ein Brief des Expeditionscomités, dem auch die für die Weiterreise erforderlichen Geldmittel beilagen. Allerdings habe ich auch schwärzliche Hintergedanken. Um nach Wadai zum verschollenen Dr. Vogel vorzudringen, müßte ich das ganze Königreich Darfour von Osten nach Westen durchqueren; nun ist das aber seit Menschengedenken keinem Fremden mehr gelungen, schon gar nicht einem bleichgesichtigen Christen. Bis nach El Obeid sollten wir eigentlich noch gefahrlos gelangen. Dort aber werde ich die besterfahrenen Leute zu Rathe ziehen; gegen ihre Meinung werde ich nichts thun; so ist mir das Leben noch nicht verleidet, daß ich mit Gewalt das Eindringen in Darfour versuchen wollte. Hier in Chartum zumindest wird uns von allen Seiten abgerathen.

Was mich vor Darfour schreckt, ist nicht sowohl der Tod als lange Gefangenschaft, die dem Fremden droht. Du begreifst wohl, daß ich jetzt nicht aufgeben kann; aber ich muß dir sagen, daß ich nach meinem langen Fiebern besonders gewünscht hätte, wieder einmal einen ganzen Monat bei Euch den europäischen Comfort zu genießen.

Ich werde kaum fähig sein, mein Tagebuch von der bisherigen Reise hier in druckreife Form zu bringen; die Hitze ist groß, der Leib schwach und der Geist auch, überdies sind wir mit den Vorbereitungen zur Abreise beschäftigt.

Ich schreibe heute dem Comité über meine weiteren Absichten; ich gebe wenig Hoffnung, und ich habe sie auch nicht. Es ist immer unangenehm, wenn man auf einen mit den Fingern zeigt, sei es in Lob oder Schande. Nun habe ich aber mit meinem Engagement für die Expedition die Bühne der Öffentlichkeit betreten – oh, wäre ich doch in meiner einsamen Dunkelheit in Keren geblieben! Welcher Geist ist es nur, der mich gegen meine Interessen zu den Menschen treibt?

Hoffentlich geht alles gut. Wenn das Geld für die Heimreise nach Europa reicht, werde ich schon bald wieder unter Euch weilen. Und dann stellst Du mir Deine liebe Gattin vor, die Dich so glücklich macht. Es muß ein ganz außergewöhnliches Weibsbild sein, daß sie Dir die Ketten der Civilisation so erträglich macht. Grüße sie einstweilen unbekannterweise von ihrem rastlosen Schwager

Werner Munzinger

Immer noch fiebergeschwächt, lassen sich Munzinger und Kinzelbach im Morgengrauen des 6. April 1862 von Kameltreibern auf zwei gemietete Kamele hieven. Mit geschwollener Leber und schmerzenden Nieren reiten sie gegen El

Obeid, vierhundert Kilometer südwestlich von Khartum. Jeden Tag reisen sie morgens von fünf bis neun und abends von vier bis acht Uhr. Die sengend heißen Mittagsstunden verbringen sie im Schatten eigens mitgebrachter Zelte, die Nächte auf hohen Bettgestellen zum Schutz vor Schlangen und Skorpionen. Munzinger und Kinzelbach genießen den Luxus, den sie sich dank der Geldanweisung des Expeditionskomitees leisten können; die Kamele sind reichlich mit Brennholz und Futter beladen, und an den Sätteln hängt eine beträchtliche Anzahl Wasserschläuche.

Am 20. April 1862 reiten die beiden in El Obeid ein. Die zwei Kameltreiber sind die ganze Strecke vor den Kamelen hergelaufen, um Skorpione und anderes Giftgewürm aufzuspüren und mit der Lanze zu töten.

26

El Obeid, 10. Juli 1862.

»Schick dieses Weib weg!« Theodor Kinzelbach schlägt die Hände vors Gesicht wie ein Kind, das sich vor dem bösen Wolf versteckt. »Ich bitte dich um unserer Freundschaft willen: Schaff mir dieses Weib aus den Augen!«

Das Weib lächelt verständnislos, und Werner Munzinger grinst. »Wieso? Gefällt es dir nicht?«

»Mach du dich nur lustig! Ich bin es nun mal nicht gewohnt, daß Tag und Nacht ein nacktes Weib zu meinen Füßen kniet, um mich anzulächeln und meine Wünsche zu erahnen!«

»Du bist undankbar, Theo. Dieses Mädchen hat uns beiden gewiß schon hundertmal den Schweiß von der Stirn getupft und uns abgewischt, wenn wir im Fieber die Kontrolle verloren. Da wäre es wirklich das mindeste, daß du dich von deiner freundlichen Seite zeigst.«

Das Mädchen ist Eigentum von Werners Gastgeber Ahmed Sogheirun, dem Scheich der Kaufleute in El Obeid und Gebieter über sechshundert Sklaven. Seit bald drei Monaten sitzen Munzinger und Kinzelbach in El Obeid fest und warten auf die Rückkehr des Kuriers, den sie nach Wadai ausgeschickt haben. Denn ohne ausdrückliche Erlaubnis des Sultans darf kein Fremder es wagen, dessen Reich zu betreten; bisher ist es erst einem einzigen Europäer gelungen, Wadai zu besuchen und es lebendig wieder zu verlassen, nämlich dem Engländer Browne im Jahr 1793.

Werner ist in Sorge. Während der langen Wartezeit sind die Geldvorräte geschmolzen wie Butter an der Sonne; die Regenzeit naht, und ist sie erst einmal da, wird die Weiterreise unmöglich oder zumindest sehr beschwerlich. Und die Aussicht, weitere drei Monate in El Obeid auf dem Krankenlager zu verbringen, erfüllt Kinzelbach und Munzinger mit Todesangst.

Aber am Abend jenes 10. Juli treffen im Sonnenuntergang zwei Reiter in El Obeid ein. Sie binden ihre Kamele vor Munzingers Hütte fest, und der eine tritt über die Schwelle. Es ist der langersehnte Kurier.

»Sei gegrüßt, Werner Munzinger. Ich habe eine gute und eine schlechte Nachricht. Welche möchtest du zuerst hören?«

»Die schlechte.«

»Du kannst nicht nach Wadai reisen. Hier ist die Antwort des Sultans.«

Werner nimmt den Brief entgegen und liest.

An den ehrenwerthen Werner Munzinger in El Obeid!

Lob sei Allah, dem Herrn der Welten, dem Nachsichtigen, dem Geber, dessen Güte uralt ist, dem Besitzer der Gnade und des Wohlwollens, dem Heiligen, von Unsauberkeit und Flecken Reinen. Gebet und Gruß sei über unseren Mohammed, den Herrn aller Menschenkinder, sowie über alle Propheten Gottes, wie über den Stamm Mohammeds und seine Genossen alle zusammen. Diesen Brief schickt Euch der Knecht Allahs und Fürst der Gläubigen, Sultan Mohammed el Hüssein, Sohn des seligen Sultan Mohammed El Fadhl, Enkel des Sultans Abdurrahman des Gerechten und Urenkel des Sultans Ahmed Bekr.

Hochgeachteter Werner Munzinger! Eurem Brief entnehmen wir, daß Ihr zusammen mit Eurem Freund uns besuchen wollt, um nach Eurer Gewohnheit Umschau zu halten in unseren Landen. Ihr wißt, daß das Zusammenkommen von Christen und Mohammedanern von alters her weder verboten noch unerwünscht ist, und sollte sich daraus ergeben, daß ein Christ in den Glauben des Islam eintritt, so ist es ein großes Glück und unser höchster Wunsch. Wer aber nicht eintritt, kann ebenfalls ohne Sorge sein, denn Handel und Wandel bestehen zwischen Christen und Muslims ohne jede Schwierigkeit.

Ihr wißt aber auch, daß unser Land ein Land schlechter Luft und schädlichen Wassers ist; so ist vor einiger Zeit der französische Arzt Cuny zu uns gekommen. Er bekehrte sich zum Glauben des Islam, blieb fünf Tage bei uns und ging dann zu Allah über. Darauf behaupteten böse Zungen, der Sultan von Darfour lasse Fremde töten; solche Gerüchte aber mögen wir nicht, denn was hätten wir vom Blut der Fremden!

Wir alle wissen aber, daß Allah – Lob sei ihm! –, der Erhabene, jede Menschenseele in ihren Körper gesetzt hat. Mit seiner ewigen Vorsehung hat er ihr die Zeit ihres Verbleibens vorausbestimmt, und niemand kann daran etwas ändern. Wie viele Mohammedaner sind in den christlichen Reichen gestorben und wie viele Christen in den Ländern des Islam! Jeder in seiner Religion, ohne Zwang und ohne üble Nachrede.

Wenn Euch nun keine schlimmen Gedanken und Zweifel befallen, so schreibt uns schnell eine Antwort, auf daß wir Euch die Erlaubnis zum Hereinkommen geben, wenn uns Allah bis dahin noch leben läßt. Ihr mögt uns dann in Darfour besuchen und von da wieder zurück nach El Obeid reisen. Was aber die Weiterreise nach Wadai betrifft, so ist das eine unthunliche Sache, die wir nicht zulassen können. Denn unser Gebiet ist weitläufig, und wir haben nicht viel Vertrauen zu unseren Unterthanen; die Sudanesen entsetzen sich auf eine absonderliche Weise über den Anblick eines weißen Menschen, und niemand weiß, was sie in ihrem Schrecken anzurichten imstande sind.

Falls Ihr nun mit diesem Brief einverstanden seid, so schicken wir Euch einen Diener, der Euch auf dem Weg bewachen und leiten wird. Benachrichtigt uns schnell über Euren Entschluß, damit wir den Diener bald nach El Obeid entsenden können.

Munzinger reicht den Brief an Kinzelbach weiter. Das war's, die Expedition ist zu Ende. Enttäuscht und erleichtert beginnt Werner still zu rechnen: zwei Wochen Rückreise bis Khartum, weitere zwei Wochen bis Kassala, noch eine Woche bis Keren. Dann wäre er gerade zu Beginn der Regenzeit wieder zu Hause, könnte sich vom Fieber erholen, seine Geschäfte in Ordnung bringen, ausgiebig von Oulette-Mariam Abschied nehmen. Und dann, vielleicht noch vor Weihnachten, zurück nach Europa reisen nach über zehn Jahren, spazierengehen an der Aare, lange Gespräche mit dem Bruder führen, die Mutter ans Herz drücken. ›Mein Gott!‹ denkt Werner, und er seufzt beinahe laut auf. ›Durchs Schneegestöber zum Gasthaus laufen! Den Schnee vom Mantel schütteln! Sich hinsetzen auf der Eckbank beim Kachelofen! Eine Rösti bestellen und eine Bratwurst und ein großes, kaltes Weizenbier in einem wunderbar sauberen Humpen! Oh, mein Gott!‹

Da schüttelt ihn jemand an der Schulter. Es ist der Kurier, der fragt, ob Werner die gute Nachricht nicht vernehmen wolle. Doch, ja natürlich. Der Kurier eilt hinaus und kehrt mit dem zweiten Reiter zurück. Den habe er in Darfour kennengelernt, und der wisse aus erster Hand, was mit Dr. Eduard Vogel geschehen sei. Werner Munzinger spricht lange mit dem Mann, läßt sich sicherheitshalber alles drei- und viermal erzählen. Dann entlöhnt er den Kurier, setzt sich an den eigenhändig gezimmerten Tisch und schreibt einen langen Brief an das Expeditionskomitee im fernen Deutschland. Ohne lange Anrede und Einleitung berichtet er vom wenig überraschenden Schicksal des unglücklichen Dr. Eduard Vogel:

Dr. Vogel hatte ein sehr schönes Pferd; Germa, der Schutzherr Vogels in Wadai, bedeutete ihm, er möge es dem Sultan schenken. Damit aber war Vogel nicht einverstanden. Dann wollte Germa es kaufen, was auch abgeschlagen wurde. Daraufhin machte Germa dem Sultan weis, daß Vogel das Land verhexe, indem er mit Feder ohne Tinte – nämlich mit Bleistift – schreibe. Im übrigen sei Vogel ja Christ und somit vogelfrei. Mit dem Segen des Sultans und von Soldaten begleitet, trat Germa also vor Vogels Hütte und gab vor, der Sultan wünsche ihn zu sehen. Als der Weiße aber hervortrat, wurde er sofort niedergehauen, und Germa bemächtigte sich des Pferdes und der übrigen Habseligkeiten. Dies geschah in den ersten Tagen des Mai 1856.

Daß ein so theurer Mensch wie Eduard Vogel wegen eines Pferdes, eines elenden Pferdes, das Leben lassen mußte, will unserer Logik so wenig einleuchten, daß ich einige Erläuterungen darüber zu geben gezwungen bin.

Im monarchistischen Afrika geht der Staat im König auf. Die Herrschaft soll die Herrschsucht befriedigen und dient vor allem dazu, den Herrscher zu bereichern. Das gilt nicht nur für den König, sondern auch für die Gewalthaber auf niedrigeren Stufen. Der Hochgestellte erwartet von seinem Untergebenen Geschenke; denn nur mit Geschenken kann sich der Rangniedrige das Recht zu leben erkaufen. Ein angeborenes Recht, unangetastet zu leben, gibt es hierzulande nicht. Um ein ruhiges Dasein zu fristen, genügt es nicht, die wenigen Gesetze zu beachten und die meist unbedeutenden Steuern pünktlich zu zahlen. Viel wichtiger sind die indirekten Steuern, die kein Gesetz festlegt und die doch viel regelmäßiger bezahlt werden: die Geschenke nämlich. Die sind viel lästiger als die gewöhnlichen Steuern, und niemand, selbst der Mächtigste nicht, darf sich über diesen Brauch hinwegsetzen in Ländern, in denen alles doch nur abhängt vom guten Willen der Richter und Beamten. Der Mächtige reagiert äußerst empfindlich, wenn man ihm die Geschenke verweigert, denn er muß annehmen, daß man seine Macht weder achtet noch fürchtet. Ein Mann aber, den niemand fürchtet, hat in Afrika schnell keine Macht mehr.

Für die Einheimischen ist dieses System erträglich: Ein jeder hat seine Familie und seine Freunde, die ihn beschützen, ein jeder hat zeitlebens Gelegenheit, sich seinen Herren nützlich und unentbehrlich zu machen, und jeder ist zumindest ein guter Muslim, dem man hin und wieder schon einen Mißtritt verzeihen darf.

Der fremde Gast entbehrt all dieser Vortheile; ohne Freund, ohne Familie, ohne Vaterland, der Sprache nur halb mächtig, fremd durch Hautfarbe, Sitte und Denkungsart, heute hier, morgen fort, ist er allein auf die habsüchtige Gutmüthigkeit seines Wirths angewiesen. Sein Wohl interessiert niemanden, da er doch nur vorüberreist, sein Tod bleibt unbeweint. Eine Kuh ist dem Herrn lieber als sein Gast, den er gewöhnlich zu beerben hofft.

Ist der Fremde nun aber vollends ein Christ, ein Feind des Propheten, so erregt schon sein Anblick Abscheu. So weh es unserem Selbstgefühl thut, so wahr ist es doch, daß der Fremde nur insoweit angesehen ist, als man aus ihm Vortheile erpressen kann. Edle Ausnahmen gibt es schon, sie sind aber eben Ausnahmen.

Wagt es nun der Fremde als freier Mann, ein Begehren zurückzuweisen, so verwandelt sich Habsucht in verletzten Stolz. Der Sultan verlangte Vogels Pferd; er ließ sich nie träumen, daß nur der geringste Einwand erhoben werden könnte, er glaubte im Gegentheil, der Weiße werde sich sehr geschmeichelt fühlen, seinen Beschützer befriedigen zu können. Nun wagt es der Ungläubige, das blasse Gesicht, der verächtliche Fremde, der geringer ist als der geringste Sklave, sich dem Begehren zu widersetzen! Die Habsucht wollte sein Pferd, die Empfindlichkeit sein Leben.

27

To
Miss Polja
Room No. 26
Hotel Carlton, Kairo

Restaurant ›Ochsen‹, 22.30 Uhr
Per Fax

Liebe Polja,

wenn Du es unbedingt wissen mußt: Jawohl, ich war auch schon im Puff. Und das kam so: An jenem Abend vor vier Monaten war Ingrid mit einer weißen Halskrause aus dem Spital nach Hause gekommen. Das war das Ende einer langen Geschichte, die ich hier nicht erzählen will. Nur soviel: Für die Halskrause und mich war das Haus zu klein, einer von beiden mußte gehen. Und da Ingrid aus medizinischen Gründen auf ihre Halskrause nicht verzichten konnte, packte ich meine Reisetasche und lief los. Draußen auf der nassen Straße rollte der Feierabendverkehr stadtauswärts. Unser Haus stand am Stadtrand, also gerade dort, wo die Männer ihre Pornohefte aus dem Autofenster schmeißen, damit die Gattin keinen Schreck bekommt. Der Gehsteig war bedeckt mit vierfarbigen Brüsten und Beinen, die sich im Regen zu einem bunten Brei auflösten. Ich lief stadteinwärts, gab acht, daß ich nicht auf den Brei trat, und hatte keine Ahnung, wohin ich meine Reisetasche tragen sollte. Zuerst wohl in eine Kneipe, vielleicht in den ›Ochsen‹. Später würde sich bestimmt ein warmes Plätzchen für die Nacht finden.

Ich setzte mich zu Werni und Willy. Wir jaßten bis zur Polizeistunde. Es wurde ein lustiger Abend, ich trank und lachte wie schon lange nicht mehr. Wahrscheinlich hätten mir Werni oder Willy auch ohne weiteres Asyl gewährt für ein paar Tage. Aber ich hätte schon darum bitten müssen, und das habe ich nicht getan; denn Werni und Willy hätten natürlich keine Ruhe gegeben, bis ich die ganze Geschichte von Ingrids Halskrause und dem Weißbrot und alldem auf den Tisch gebracht hätte, zwischen die Jasskarten und die Biergläser. Also hielt ich die Klappe, und es wurde ja auch ein sehr lustiger Abend, wie gesagt.

Aber nach der Polizeistunde stand ich allein mit meiner Reisetasche auf der Straße. Stehenbleiben hatte keinen Sinn, also lief ich aufs Geratewohl los. Ein Streifenwagen fuhr gefährlich langsam an mir vorbei, kurz darauf eine Horde bellender Teenager auf grellbunten Fahrrädern, dann war alles still. Ich lachte über meine ziellosen Schritte und lauschte meinen Gedanken; viel gab es da nicht zu lauschen. Ein eisiger Wind wehte mir durch den Kopf, darin wirbelten ein paar Gefühle umher wie Schneeflocken hinter einem Lastwagen.

Die Straßen waren menschenleer wie immer, wenn die billigen Kleiderläden und Discount-Parfümerien in der Innenstadt geschlossen haben. Ich bog in eine Querstraße ein, und da klapperte in zwanzig Schritt Entfernung ein Paar

Stöckelschuhe vor mir her. Rücksichtsvoll wechselte ich auf die andere Straßenseite; als Feminist wußte ich schließlich, welchen Schrecken einer Frau nächtliche Männerschritte einjagen können. Zu meinem Erstaunen aber wechselten die Stöckelschuhe ebenfalls die Seite und verlangsamten ihre Schritte. Mir blieb nichts anderes übrig, als sie kurz und schmerzlos zu überholen.

»Hi, my name is Noëmi. Wollen wir ein Stück zusammen gehen?«

Noëmi hatte eine Stimme wie Billie Holiday und war von einer Schönheit, die einem jungen Mitteleuropäer alemannischer Abstammung Angst machen mußte. In ihrem dunklen Gesicht glitzerte eine unendliche Reihe weißer großer Zähne. Ihre Augen glänzten schwarz wie der nasse Asphalt. Ihre Beine waren lang wie ein Sommertag, und ich fühlte, daß unter ihren Schuhen die Erde vibrierte. Noëmi hängte sich bei mir ein, und wir gingen weiter. Ich fing umgehend an zu plaudern wie ein Fremdenführer und erklärte ihr sämtliche Sehenswürdigkeiten der Stadt: Stadtturm hier und Hexenturm da und Schlößchen dort, Schulfest dann und Fasnacht wann und Jahrmarkt im Herbst. Noëmi balancierte mit ihren spitzen Absätzen übers Kopfsteinpflaster und lachte hin und wieder, wie wenn ich etwas besonders Lustiges erzählt hätte. Nach einer Weile gelangten wir an die alte Aarebrücke, wo die Tauben dick aufgeplustert im Gebälk schliefen. Mitten über dem Fluß blieben wir stehen und verfolgten die Wirbel, die sich hinter den Holzpfeilern bildeten und langsam schwächer werdend stromabwärts strudelten. Ich erzählte Noëmi, daß die Aare der schönste Fluß der Welt sei, daß ich mich im Sommer darin treiben lasse und die Ohren unter Wasser halte, um das Kullern der Kieselsteine im Flußbett zu hören, daß ich von allen Brücken zwischen Biel und Aarau schon runtergesprungen bin und daß es Inseln gibt, auf denen man ein Feuer machen kann und picknicken und schlafen und glücklich sein. Noëmi hörte mir zu und sagte: »Nächsten Sommer bin ich nicht mehr da.«

Ich legte meinen Arm um ihre Schultern, und wir gingen weiter, über den Fluß und in die Häuserschluchten.

Vor einem ziemlich heruntergekommenen dreistöckigen Haus blieb Noëmi stehen.

»Hier wohne ich.« Aus jedem einzelnen Fenster des Hauses leuchtete rotes Licht.

»Hier?«

»Ja. Kommst du mit hoch? Zweihundert Franken, weil du so nett bist.«

Jetzt konnte ich nicht mehr zurück. Hinein durch die Seitentür, mit dem verspiegelten Lift zwei Etagen hoch, durch einen langen Gang tief hinein ins Gebäude und vorbei an vielen Zimmertüren. Der Schlüssel drehte sich, und wir waren drinnen. Alles war weiß: die Vorhänge, der Teppich, das Sofa, das Salontischchen, das Bett. Das breite Bett. Noëmi verschwand im Badezimmer, ich setzte mich ziemlich aufgeregt aufs Sofa und zündete mir eine Zigarette an. Auf dem Tisch lagen ein paar Zeitschriften und eine angebrochene Tafel Schokolade. Dann kam Noëmi zurück. Sie trug nur noch einen schwarzen Slip und ein schwarzes T-Shirt, setzte sich neben mich und fragte: »Do you smoke hash?« Ich sagte: »Ja, gelegentlich«, und sie zauberte Zigarettenpapier und ein Stück schwarzen Afghan hervor.

Während wir rauchten, erzählte mir Noëmi, wie cold and distant die Leute in der Schweiz seien, ganz anders als in ihrer Heimat Jamaika, und daß sie jetzt noch diesen Winter hierbleibe und dann einen Coiffeursalon in Kanada eröffnen wolle. Ich wünschte good luck.

Noëmi hatte die Beine angezogen und hielt sie mit beiden Armen umfaßt, das T-Shirt hatte sie über die Knie bis zu den Zehen runtergezogen. Ich lehnte seitlich gegen die Sofalehne, und Noëmi lehnte gegen mich. Sie fragte, ob ich eine Freundin hätte, und ich sagte: »Nein, das heißt ja, das heißt nein«, und dann erzählte ich in groben Zügen die Geschichte von der Halskrause. Dann erzählte Noëmi von ihrem Vater, der sie nie in die Disco lassen wollte, so daß sie eines Tages einfach durchbrannte, in die nächste Stadt zuerst, wo sie ganz einfach zu Geld gekommen sei, dann weiter nach Kanada, wonderful country, und dann hierher. Und natürlich sei sie oft einsam und habe Heimweh; dann telefoniere sie mit ihren Brüdern und ihrem Vater und erzähle von ihrer Arbeit als Krankenschwester in der Schweiz.

Das große weiße Bett war immer noch da. Der Joint hatte mich langsam von den Zehen bis zu den Haarspitzen mit einer wohligen Wärme erfüllt. Aufgeregt war ich jetzt überhaupt nicht mehr. Ich schaute zum Bett hinüber. Ich überlegte, ob ich die zweihundert Franken einfach hinlegen und verschwinden sollte. Aber das ging nicht, wir waren beide gefangen. Schließlich fragte Noëmi: »Shall we go to bed?«, und ich nickte. Sie verschwand noch einmal im Badezimmer. Ich nutzte die Gelegenheit und legte das Geld aufs Nachttischchen; so machte man das wohl, ich hatte es in Filmen gesehen. Nach zwei Minuten kam sie ganz nackt zurück und setzte sich neben mich – und dann brach ich endlich in Tränen aus, ich weinte und konnte gar nicht mehr aufhören, ließ den Kopf auf Noëmis Schoß fallen, o mein Gott, und meine Tränen kullerten über ihre Oberschenkel, deren braune Haut sich fest und glatt anfühlte wie die Innenseite einer Badewanne. Sie streichelte mir beiläufig das Haar und rauchte Zigaretten.

Als es draußen hell wurde, stand ich auf. Noëmi begleitete mich hinaus auf den Flur. Ich bedankte mich, sie bedankte sich auch, und dann kam der Lift.

Ja, Polja: So war das. Herzliche Grüße an Deine Mutter, unbekannterweise. Ihre Männertheorie stimmt schon, glaube ich; und doch ist sie ganz falsch.

Bis bald
Dein Max

28

In jenen Tagen des Juli 1862 erlebt Werner Munzinger etwas ganz Neues: Es geht nicht mehr weiter. El Obeid ist der hinterste Winkel der Welt, der Mitte des 19. Jahrhunderts für einen einzelnen weißen Mann zugänglich ist. Werners unstetes Leben ist vorderhand zur Ruhe gekommen. Aber es ist nicht die Ruhe des in den Hafen eingelaufenen Schiffes, sondern nur der kurze Stillstand eines Balls, den ein Kind senkrecht in die Luft geworfen hat. Denn sobald der Brief des Sultans eintrifft, gerät Werner wieder in Bewegung. Und genauso, wie der Ball zurück in die Hände des Kindes fliegt, reitet Werner Munzinger in seiner eigenen Spur heimwärts – zwei Wochen bis Khartum, weitere zwei Wochen bis Kassala, noch eine Woche bis Keren, wo er kurz vor Beginn der Regenzeit Ende August eintrifft.

Vor dem weißgetünchten Steinhaus steht Oulette-Mariam und sieht ihrem Gatten unter halbgeschlossenen Lidern entgegen. Werner steigt aus dem Sattel und fragt sich, woher um Himmels willen dieses Weib seine unerschütterliche Ruhe hat; immerhin ist er fast ein Jahr weit weg gewesen und war erheblichen Gefahren ausgesetzt.

»Es ist gut, daß du wieder da bist, Werner Munzinger. Es wartet Arbeit auf dich.«

»Die Arbeit kann warten.«

»Diese Arbeit wartet schon sieben Jahre, Werner Munzinger. Du bist ein Faulpelz.«

Werner nickt bedächtig. »Ach, *diese* Arbeit! Und ich dachte, wir hätten sie längst zu Ende gebracht.«

»Ich kann es mir auch nicht erklären. Irgend etwas müssen wir übersehen haben, dabei habe ich genau aufgepaßt.« Oulette-Mariam zählt an den Fingern ab. »Die Nase haben wir gewiß hundertmal gemacht, das Mündchen auch, die zehn Fingerchen und die zehn Zehen auch ...«

Während das Ehepaar gemeinsam alle Bestandteile eines Babys aufzählt, schließt sich hinter ihnen die Tür des weißgetünchten Steinhauses, und Werners Maultier trottet zufrieden in seinen Stall, den es so lange entbehren mußte.

Ende Oktober ist die Regenzeit zu Ende und Munzinger wieder bei Kräften. Er reitet nach Massaua, schaut in seinem Warenlager vorbei und fordert von Mohammed die Profite des vergangenen Jahres ein. Dann fährt er mit dem Postschiff auf dem Roten Meer nordwärts. Die arabische Halbinsel zieht vorüber und dann der Sinai, und Werner denkt mit Wehmut an den griechischen Mönch im Palmenwäldchen des Katharinenklosters. Neun Jahre sind vergangen seit der wortlosen Begegnung der zwei Jünglinge. Werner ist jetzt groß und schwer, sein vormals mädchenhaft weiches Gesicht ist narbig, stoppelig und kantig geworden. Und der junge Grieche? Hat er sich sein ereignisloses Idyll bewahren können? Ist nie eine Katastrophe über ihn hereingebrochen, die ihm die Stimme gebrochen und das Gesicht umgepflügt hätte? Aber das Postschiff zieht vorbei am Sinai und legt erst in Suez an. Werner besteigt den Zug nach Kairo, übernachtet in derselben Herberge wie vor zehn Jahren, folgt weiter seiner eigenen Spur nordwestwärts nach Alexandria, übers Mittelmeer zurück nach Europa.

Am 19. Februar 1863 geht er in dichtem Schneegestöber in Triest an Land und zieht sich eine üble Erkältung zu. Mit triefender Nase und rasselnden Bronchien läuft er zum Bahnhof, wo die Lok schon dampft und schnauft. Werner staunt: Ganz Europa ist überzogen mit einem blitzblanken Netz stahlharter Eisenbahnschienen; sogar in Olten haben sie scheint's einen Bahnhof gebaut. Der Bahnhofsvorstand pfeift, der Schaffner schließt die Türen, die Lok zieht an – und wenn es dem Leser genehm ist, lassen wir Werner allein auf dessen erster Bahnfahrt, setzen uns hier in ein Kaffeehaus und warten auf die Rückkehr unseres Helden; gar zu lange wird es nicht dauern. Werner wird durch sein Heimatstädtchen schlendern, das dank der Eisenbahn blüht und wächst wie eine Goldgräberstadt. Er wird das Grab des Vaters besuchen und das der inzwischen verstorbenen Mutter; er wird Professor Walther Munzinger in Bern besuchen, der an einem einheitlichen Obligationenrecht für die junge Nation arbeitet, eine stattliche Villa bewohnt und im übrigen sehr verliebt zu sein scheint in seine bezaubernde Marie. Werner wird vor der Landesregierung Rechenschaft ablegen über die Verwendung der 5000 Franken für die Vogel-Expedition, und er wird Freunde und vertraute Kneipen besuchen. Viele alte Bekannte werden grußlos an ihm vorbeigehen, andere ihm auf die Schulter klopfen und irgendwas von früher erzählen. Beides ist Werner unangenehm. Denjenigen, die ihn nicht wiedererkennen, möchte er zurufen: »Schaut her, ich bin's doch, euer alter Werner!« Die Schulterklopfer aber möchte er anfahren: »Verzeihen Sie, da muß eine Verwechslung vorliegen. Zufällig ist mir bekannt, daß Ihr Schulfreund vor vielen Jahren gestorben ist. Irgendwo zwischen Kairo und Kassala, wenn ich mich nicht irre.« Und dann wird Werner doch immer leutselig sein und geduldig die immergleichen Fragen beantworten.

Solothurn, 23. Oktober 1863

Lieber Walther!

Ich verreise also Montag, den 26., morgens um 5.30 direkt über Olten, Basel. Es thut mir sehr leid, daß ich Euch nicht für länger sehen konnte, aber meine Geschäfte rufen mich fort. Sehe ich Dich am Bahnhof noch? Meine besten Wünsche an Deine Gattin Marie; sie ist wirklich reizend und würde sich bestimmt gut mit meiner Oulette-Mariam verstehen. Vielleicht besuchen wir Euch das nächste Mal gemeinsam, oder Ihr beide kommt zu uns nach dem dunklen Afrika; bis dahin verbleibe ich immer Dein threuer Bruder

Werner Munzinger

PS: Ich wünsche incognito, also so still als möglich, zu reisen; der Abschied ist so schon nicht angenehm.

29

Massaua, 28. April 1865

Lieber Walther!

Schon sind anderthalb Jahre seit meiner Abreise vergangen, und ich kann kaum glauben, daß keiner meiner Briefe angekommen ist. Wohl weiß ich um die Gefahren, die unterwegs lauern: Ein Kamel frißt das wehrlose Stück Papier; ein Matrose läßt den Postsack ins Meer fallen; das Postschiff sinkt, wird von Piraten überfallen et cetera. Deine lieben Briefe hingegen haben mich erreicht. Mit großem Vergnügen nehme ich wahr, daß Du Dich immer wohl befindest und im Stande bist, in dieser schäbigen, neidigen Welt Deinen guten Humor zu bewahren.

Ich habe inzwischen das unruhige Leben eines Handelsreisenden geführt. Anfang November 1863 in Alexandria angekommen, den 5. Dezember von Suez fort, den 2. Januar 1864 wieder einmal in Massaua gestrandet. Zwei Tage später bin ich im Auftrag der Zürcher Handelsfirma Koller, Nägeli & Cie. nach Keren weitergezogen, wo mich meine liebe Gattin erwartete. Am 5. Februar ging's wieder weiter nach Kassala und Gallabat, fast zweihundert Stunden weg von hier. Ende Juni war ich wieder zurück, vollbeladen mit Leopardenfellen und Elfenbein. Da mein Magazin noch nicht ganz bis unters Dach gefüllt war, unternahm ich vom

17. Juli bis 7. August einen zweiten Gang nach Keren. Während ich aber die Regenzeit in Massaua absaß, leerte sich mein Warenlager wieder, so daß ich mich Ende Oktober aufs neue zu einer dreimonatigen Reise nach Kassala aufmachte.

Seit Anfang Januar bin ich nun wieder in Massaua, diesem elenden Nest, das inzwischen der ägyptische Khedive dem türkischen Sultan abgekauft hat. Weshalb ich hierbleibe, fragst Du vielleicht und wunderst Dich, daß ich mich nicht gemüthlich einrichte in meinem kühlen Steinhaus in Keren, wo das ganze Jahr ein frischer Wind weht. Wenn ich nur könnte, ich würde noch heute fliehen aus der Gluthitze Massauas – aber dann sagt mir die Vernunft, daß die europäischen Handelsschiffe mir kaum folgen würden ins abessinische Hochland. So kann ich wohl sagen: Hab keine Ruh' und keine Rast, nichts, das mir Vergnügen macht.

Am unangenehmsten ist mir das Leben, wenn ich an einem Ort festsitzen muß, besonders in Massaua. Aber jetzt bereite ich mich vor, wieder einmal ins Landesinnere zu ziehen. Auf der Reise ist das Leben leichter; dann hilft die Abwechslung, das immer romantische Biwak, ganz militärisch eingerichtet. Die Bewährungsprobe steht mir bevor, wenn der große Regen alle Straßen unpassierbar macht und ich wieder in Massaua eingekerkert bin wie Napoleon auf St. Helena. – Da sind drei Monate mehr als genug, um das gute alte Europa schmerzlich ins Gedächtnis zurückzurufen: schlechtes Fleisch, kein Gemüse, schlechter Koch, brackiges Trinkwasser. Mein Hauptgetränk ist Honigwein, aber dieses Jahr ist Honig auch sehr rar. Das Getreide von halb Abessinien haben die Heuschrecken gefressen, ich selbst verlor eine ganz famose Ernte. Wir haben eine schlimme Hungersnoth, alle Lebensmittel sind sehr theuer. Mit meinen Geschäften bin ich noch nicht recht im Gleis; Geld kommt langsam und geht schnell. Der Handel füllt meine Tage nicht aus, und das ist schade; denn sonst hätte ich gar keine Zeit zum Unglücklichsein. So habe ich zuwenig Arbeit und doch zuviel; denn die geschäftlichen Verpflichtungen verbieten mir alle wissenschaftliche Bethätigung, für die ich mir so viel vorgenommen hatte.

In Massaua habe ich wenig Gesellschaft; früher war ein junger Schweizer aus La Chaux-de-Fonds in meinen Diensten, aber er ist im Dezember plötzlich gestorben. Du mußt nicht denken, das Klima hier sei ungesund; es ist sehr gesund, aber man muß sich vor der Sonne in Acht nehmen. Das hat der arme Jüngling nicht gethan, und dafür mußte er sein Leben lassen.

Für einige Abwechslung sorgt zur Zeit eine kleine Colonie von Engländern, die in offizieller Mission unterwegs sind und sich in Massaua niedergelassen haben. Queen Victoria hat sie beauftragt, den englischen Consul Charles Duncan Cameron zu befreien, der am Hof des abessinischen Kaisers in Gondar in Ketten liegt. Es ist dies eine lange und merkwürdige Geschichte, und ich will sie Dir erzählen, wenn Du Zeit und Geduld für eine weitere meiner Negergeschichten hast.

Wie Du vielleicht weißt, hat vor sieben Jahren ein kleiner Heerführer namens Kassa den Thron erobert und sich als Theodoros II. zum Kaiser krönen lassen. Er ist ein schöner junger Mann, großgewachsen und bärenstark, ein muthiger Krieger mit scharfen Gesichtszügen, langem geflochtenen

Haar und markantem Kinn, immer bekleidet mit einer weißen Hose und einem weißen Hemd, das bis zum Knie reicht. Um den Märchenprinzen komplett zu machen, hat der junge Mann auch hohe Ideale und schöne Ziele: Er will den ewigen Bürgerkriegen in Abessinien ein Ende machen, die Bauern vor der Habgier der Adligen schützen, den Sklavenhandel unterbinden, ein ordentliches Steuersystem einführen et cetera. Theodoros gab zu Beginn seiner Herrschaft zu schönen Hoffnungen Anlaß, und ich will Dir gestehen, daß ich selbst zu seinen glühendsten Bewunderern gehörte. Denn thatsächlich ist er der einzige Mann von Genie im ganzen Land; lange hoffte ich, daß mit seinem Aufstieg ein mächtiges Reich entstehen könnte, unter dessen Schutze unsereins einen segensreichen Handel mit Europa aufbauen könnte. Immer häufiger aber bringen die Karawanen schauerliche Neuigkeiten an die Meeresküste. Demnach zieht der arme Theodoros ohne Unterlaß an der Spitze seines Heeres umher, um in allen Winkeln des Reiches aufständische Stammesfürsten zu unterwerfen. Zu Beginn seiner Herrschaft galt er als weise und mild; nun aber scheint er in endlosen Kämpfen ein blutrünstiger Schlächter geworden zu sein. Bei alledem geht er mit den Besiegten höchst unsanft um: Die Fürsten können von Glück reden, wenn er sie entmannen läßt. Andernfalls stopft er ihnen die Ohren mit Schwarzpulver voll und zündet dies an, so daß ihnen die Augen aus dem Kopf springen. Den Offizieren wird ein Fuß und eine Hand abgehackt, die Soldaten zwingt er zu Hunderten, über schroffe Klippen in den Tod zu springen. So hat der friedliebende Kaiser in sieben Jahren mehr Blut vergossen, als zuvor in hundert Jahren den Boden Abessiniens getränkt hat. Es scheint das Schicksal Theodoros' zu sein, daß er sich zum Feind seiner eigenen Ideale macht.

Sein größter Traum ist ein gemeinsamer Kreuzzug der abessinischen und europäischen Christenheit gegen die islamischen Erbfeinde. Die vereinigte abessinisch-europäische Armee würde erst Mekka dem Erdboden gleichmachen, dann Cairo schleifen und schließlich Jerusalem befreien.

Vor zwei Jahren nun hat Theodoros einen Brief an Königin Victoria von England geschrieben, in dem er von Christenkönig zu Christenkönigin um militärische Unterstützung bat. Die Queen ihrerseits bewahrte Haltung angesichts der unerwarteten Vertraulichkeiten und schickte dem Negerkönig einen hübschen Revolver mit persönlicher Widmung. Aber das reichte Theodoros nicht: Er wollte erfahrene Männer, die Kanonen gießen können.

Die Monate vergingen, und die Eisengießer kamen nicht. Letztes Jahr hat Theodoros die Geduld verloren: Er gab Befehl, sämtliche Europäer in seinem Reich in Ketten zu legen. Es sind insgesamt vierundsechzig, unter ihnen der englische Consul Cameron, ein paar deutsche Missionare sowie ein Schweizer Techniker namens Waldmeier mit Gemahlin und Kind. Soweit ich gehört habe, sind alle Geiseln wohlauf. Aber ich habe wenig Hoffnung, daß eine Handvoll Diplomaten mit schönen Worten ihre Freilassung bewirkt.

So, lieber Bruder, nun bist Du wieder in Kenntnis gesetzt über die abessinische Politik. In Deinen Ohren mag das alles abentheuerlich und exotisch klingen; für mich wäre es Abentheuer genug, wenn ich Euch diesen Herbst einen kurzen Besuch abstatten könnte; aber ich vermag nichts zu versprechen, weil die Zukunft nicht von mir abhängt. Ich bin ganz und gar in den Ketten meiner Arbeit gefangen, die aber auf Dir, Du armer Sklave der Civilisation, noch viel härter und schwerer lasten. Gebe Gott, daß der fremden Gesichter nicht zu viele sind, wenn ich einmal heimkomme, denn für Gesichter bin ich sehr konservativ. Und so hoffe ich, Euch alle wohl und gesund wiederzufinden. Amen.

Spare auch weiterhin hie und da ein Stündchen für mich auf und verzeih mir, wenn ich Dir nicht mit demselben Fleiß antworte; denn 1. bin ich ein anerkannt träger Briefeschreiber; 2. bin ich gleich Uria selten auf einem Platz; 3. will ich bei schlechter Laune nicht schreiben, und die hat man oft in diesem dummen Afrika, das ein wahres Schwarzbubenland ist in Farbe und Charakter. Und nun Gott befohlen und beste Grüße an Deine Gattin Marie, von der Du – zu Recht, zu Recht! – unablässig so schwärmst.

Dein
Werner Munzinger

30

›So, das wäre geschafft!‹ dachte ich, während das Faxgerät den schriftlichen Beweis meiner Aufrichtigkeit nach Ägypten stotterte. Ich war mächtig stolz auf das Bekenntnis, das ich Polja auf dem Altar unserer künftigen Liebe dargebracht hatte. So viel Wahrhaftigkeit mußte mir erst einmal einer nachmachen! Ich achtete sorgfältig darauf, daß nicht etwa eine Seite meines Fax versehentlich liegenblieb, schloß das ›Ochsen‹-Büro wieder ab und gab den Schlüssel der Serviertochter zurück.

»Max! Das ist doch Max Mohn!« brüllte es vom hintersten Ende der Bar. Das war mein Chef, der sich schwer konzentrierte, aufrecht und in gerader Linie auf mich zuzukommen. Er sah aus wie einer, der eine dreißig Meter lange Leiter senkrecht durch die Gegend trägt; wenn er nur ein bißchen in Schräglage gerät, wird er unweigerlich der Länge nach hinschlagen. Neidvoll betrachtete ich die glücklich zerfließenden Gesichtszüge des Chefs. »Max, altes Haus! Wo hast du nur gesteckt die letzten drei Tage? Hast auch lieber einen Bauch vom Saufen als einen Buckel vom Arbeiten, wie? Hehe!« Der Chef legte mir brüderlich den Arm um die Schultern. »Aber ich verstehe dich! Glaubst du mir das?«

Ich bejahte.

»Ich verstehe dich gut! Glaubst du das?«
Ich bejahte.
»Ich bin doch kein Unmensch! Natürlich weiß ich, was du empfindest, aber du verstehst mich doch auch?«
Ich bejahte.
»Nicht wahr, du verstehst mich? Fräulein, noch zwei Bier! Max, schau mich an: Verstehst du mich bitte?«
Ich bejahte, und der Chef strahlte und drückte mich an seine Brust.
»Max Mohn, du bist ein Supertyp! Ein Supertyp! Jetzt saufen wir noch ein letztes und dann ein zweitletztes, und morgen früh schreibst du mir das Zingg-Portrait, ja?«
Wir soffen auch noch ein drittletztes, ein viertletztes und ein fünftletztes. Allmählich näherte ich mich dem seit Tagen vergeblich angestrebten Zustand. Der Chef und ich versicherten uns gegenseitig, was für Supertypen wir seien, und waren ein Herz und eine Seele. Ich freute mich schon des erfolgreich absolvierten Kneipenabends, als mich die Serviertochter ans Telefon rief. »Eine Frau, Name nicht verstanden«, flüsterte sie und reichte mir den Hörer.
»Hallo?«
»Max, bist du das?« Oh, das war Ingrid. »Wo hast du bloß gesteckt die letzten drei Tage?« Ihre Stimme war ein dünner Faden bleifreies Normalbenzin, das im heißen Wüstensand versickert.
»Bist du noch da? Wo du gewesen bist, frage ich dich! Du bist immer noch Vater eines zweijährigen Sohnes, falls du das vergessen haben solltest.«
»Nun, ähhmm, in Kairo.«
»Wo?«

»In Kairo, Ägypten.«

Einen Moment blieb es still. Ich hörte zu, wie das Benzin im heißen Sand verdampfte, aufstieg und auf Kopfhöhe einen tödlich explosiven Nebel bildete. Wenn jetzt jemand ein Streichholz anzündete, würde alles in die Luft gehen.

»Dein merkwürdiger Humor hat mich schon immer genervt. Aber mir kann's ja egal sein, wo du dich rumtreibst.«

»Ich habe die Pyramiden besucht und all das, ehrlich.«

Ingrid schnaubte in den Hörer. »Laß das jetzt bitte. Ich habe etwas mit dir zu besprechen.«

Das klang gefährlich. Meine sorgsam aufgebauten Promillewerte sackten augenblicklich in den Keller. Vorsichtig tastete ich mich vorwärts, immer auf der Hut vor Giftgas, Tellerminen und Klapperschlangen. »Worum geht's?«

»Ich habe mich für einen neuen Kurs eingeschrieben. Astralkörperfotografie.«

»Aha«, sagte ich und gab Entwarnung durch. Meine Promillewerte stabilisierten sich – ein Kurs, einer von vielen, nichts weiter. Helm ab, Zigarette an und raus aus dem Schützengraben. »Wann soll ich den Kleinen übernehmen?«

»Das ist es ja.« Ingrids Stimme wurde weich und sanft, und ich schickte meine Männer zurück in den Schützengraben. »Der Kurs dauert ein halbes Jahr. Ich werde nach Hamburg ziehen für diese Zeit.«

»Aha ... und der Kleine?«

»Ich habe mir gedacht, daß ich ihn mitnehme. Hättest du was dagegen?«

»Ähm, nein. Aber du könntest ihn auch bei mir lassen, wenn du möchtest.«

»Ich möchte ihn wirklich gerne mitnehmen.« Ingrids

Stimme wurde noch sanfter, und jetzt fing sie bei Gott noch an zu lispeln. »Weißt du, es gibt da einen wunderbaren Kinderhort gleich neben dem Kurszentrum, und du kannst uns besuchen, wann immer du willst.«

»Wenn du meinst ...«

»Du kommst uns doch besuchen, nicht wahr? Ich würde mich freuen.«

»Ja, bestimmt.«

»Und in den Sommerferien kommt der Kleine zu dir, dann könnt ihr's euch fünf Wochen lang wohl sein lassen, ganz unter Männern ... Max, bist du noch da? Ist alles in Ordnung?«

»Jaja, alles in Ordnung. Ich muß jetzt Schluß machen, ich habe kein Kleingeld mehr.«

»Witzig, sehr witzig!« Schon stieg der Benzindampf wieder auf. »*Ich* habe *dich* angerufen und nicht umgekehrt, wenn du dich erinnerst. Du würdest dich ja ums Verrecken nie bei mir melden.«

»In Ordnung, ich werde mich bei dir melden. Wann soll ich?«

Jetzt erreichte Ingrid einen neuen Rekord auf der nach oben offenen Sanftheitsskala. »Du könntest doch am Sonntag zum Frühstück kommen. Bist du dann frei?«

»Ich glaube schon. Also, bis dann.«

»Bis dann ... Max?«

»Ja?«

»Sag mir doch, wo du warst die letzten drei Tage. Ich habe mir Sorgen gemacht, weißt du.«

»In Kairo.«

Ein Klicken, die Leitung war tot. Ich hängte ein und ging

zurück an meinen Platz. Der Chef streckte mir ein randvolles Bierglas entgegen und machte ein sehr mitfühlendes Gesicht. Offenbar hatte er mich die ganze Zeit aus der Ferne beobachtet. Ich nahm das Glas entgegen, und er legte mir die Hand auf die Schulter. »Ja, es ist traurig zu lieben, ohne geliebt zu werden.«

Ich sah den Chef verwundert an, der einen großen Schluck zu sich nahm.

»Aber noch trauriger ist es zu pissen, ohne gesoffen zu haben, hehe!«

Und so blieben wir einträchtig nebeneinander sitzen und soffen bis zur Polizeistunde.

31

Massaua, 3. Januar 1868. Wie so oft reitet Werner Munzinger auf seinem alten Maultier südlich von Massaua der Küste entlang. Aber diesmal hat er einen seltsamen Begleiter zur Seite. Weit über ihm sitzt hoch aufgereckt ein Mann auf einem Rappen. Die goldbetreßte Uniform glänzt in der Sonne, der Schnurrbart ist schwarz gewichst, die kniehohen Reitstiefel blitzen. Der Mann heißt Sir Robert Napier und ist Marschall der britischen Kolonialtruppen. Er hat Munzinger als Führer, Berater und Dolmetscher engagiert; denn in London hat man von der Expedition zur Auffindung Dr. Vogels gehört und weiß, daß kein Europäer sich am Horn von Afrika so gut auskennt wie der Sohn des ehemaligen Schweizer Finanzministers.

»Sie werden sehen, Mister Munzinger, die Expedition ist bestens vorbereitet. Es wird uns keinerlei Schwierigkeiten bereiten, die Gefangenen aus den Klauen von Theodoros zu befreien.«

Werner nickt und schweigt. Ihm ist, wie wenn er das Grollen eines fernen Gewitters am Horizont hörte. Wäre er nicht gescheiter hübsch und leise in Massaua geblieben, statt sich an einen Mann mit goldbetreßter Uniform und gewichstem Schnurrbart zu verkaufen? Andrerseits hat ihm der Schnurrbart ein schönes Honorar versprochen;

genug, um endlich wieder nach Olten zu Familie und Freunden zu fahren, die er seit über vier Jahren nicht mehr gesehen hat.

Werner und Marschall Napier sind unterwegs zur Zula-Bay, die gleich hinter dem nächsten Hügelzug liegt. In der Mittagshitze reiten sie eine Geröllhalde hoch, kommen auf der Krete an, schauen hinunter auf die Zula-Bay – und da ist die Maschine, die Werner Munzinger mehr fürchtet als alles andere auf der Welt. Mit stählerner Faust hat sie sich festgekrallt am Ufer des afrikanischen Kontinents, die größte und gefräßigste aller Maschinen, die alle Länder und Völker überrollt und gerade jene Menschen am liebsten in Ketten legt, die sich am stärksten gegen die Versklavung wehren. Warum flieht Werner nicht, zurück nach Massaua und Keren und weiter in die Tiefen des Kontinents, die noch kein europäisches Auge sah? Im stillen Wasser der Bucht, das bisher kaum je von einem schüchternen Fischerboot durchpflügt wurde, liegen dick und träg an die fünfzig Dampfschiffe, grellrote Bojen markieren die Fahrrinne. Am Strand, der bisher ganz und gar den Muscheln und Krabben gehörte, stehen zwei transportable Leuchttürme und nagelneue Landedocks, an denen die Dampfer einer nach dem andern anlegen. Aus den Bäuchen der Schiffe quellen Soldaten, Soldaten, Soldaten, dann Pferde und Elefanten, Kamele und Kanonen, Branntweinfässer und Mehlsäcke. Werner ist fassungslos.

»Was soll das! Wollen Sie ganz Abessinien erobern?«

Der Schnurrbart lächelt. »Nur keine Angst. Wenn der Feldzug vorbei ist, besteigen alle bis auf den letzten Mann ihr Schiff und fahren zurück nach Indien.«

Munzinger und Napier reiten hinunter, um das emsige Treiben aus der Nähe zu beobachten. In der einstmals stillen Bucht entsteht eine richtige Garnisonsstadt; die Soldaten rammen Zeltstangen in den Wüstensand, fliegende Tabak- und Schnapshändler bauen behelfsmäßige Kioske, und niemand weiß, woher die bunt geschminkten Damen kommen, die in dem Zelt dort hinten wohnen und frech den vorbeischlendernden Offizieren zuzwinkern. Nah am Strand bauen britische Techniker gewaltige Wasserentsalzungsanlagen auf, die täglich 190 000 Liter Trinkwasser liefern; weiter gegen die Berge zu verlegen Arbeiter dreißig Kilometer Schienen für die Dampflokomotive, die geduldig bei den Docks wartet, und parallel dazu wird ein Telegrafendraht landeinwärts gezogen. ›Worauf habe ich mich da nur eingelassen!‹ denkt Werner und bezieht gottergeben das Zelt, das gleich neben dem Hauptquartier des Marschalls für ihn bereitsteht.

Am Nachmittag schickt Marschall Napier Meldeläufer ins Landesinnere, um Flugblätter an die Bevölkerung zu verteilen. Munzinger läßt sich ein Blatt geben und liest:

An die Gouverneure, an die Häuptlinge, an die religiösen Orden, an das Volk von Abessinien!

Ihr müßt wissen, daß Theodoros, der Kaiser der Abessinier den britischen Consul Cameron und viele andere unter Bruch des Rechts aller civilisirten Nationen gefangenhält. Mit freundlichen Worten gelang es nicht, die Freilassung zu erwirken. Deshalb hat meine Königin mir den Auftrag gegeben, mit meiner Armee einzuschreiten. Jeder, der zu den Gefangenen freundlich ist und der bei ihrer Befreiung hilft, soll belohnt werden. Jeder, der ihnen Leid zufügt, soll bestraft werden. Volk von Abessinien denke daran, daß die Königin von England nicht unfreundlich gesinnt ist gegenüber den Menschen dieses Landes. Personen, Eigenthum und religiöse Einrichtungen werden geschützt. Was die Armee verbraucht, wird auch bezahlt. Wir haben nicht die Absicht, irgendeinen Theil dieses Landes für immer zu besetzen. Wir beabsichtigen in keiner Weise, die Regierungshoheit Abessiniens zu verletzen.

Gezeichnet: Sir Robert Napier, Commandant der britischen Truppen in Abessinien

Zehn Tage später sind die Bäuche der Dampfschiffe leer, die Landung ist abgeschlossen. Über den ganzen Talboden verstreut sucht eine ansehnliche Herde die kargen Büsche nach eßbarem Grünzeug ab. Es sind präzis 2588 Pferde, 44 Elefanten, 16 022 Maultiere, 5735 Kamele, 7071 Rinder, 1759 Esel, 1651 Ponys und 12 839 Ziegen.

Die Garnisonsstadt selbst zählt jetzt 41 004 Einwohner. Unter ihnen sind nur 14 217 Mann eigentliche Kampftruppen; die übrigen 26 787 Mann sind Straßenbauer, Viehtreiber, Metzger, Köche, Magaziner, Eisenbahner sowie Militärattachés und Journalisten aus aller Herren Länder.

Am Morgen des 4. Februar 1868 setzt sich die Armee auf der eigens erbauten Heeresstraße in Bewegung. Allen voran reitet Werner Munzinger auf seinem alten Maultier, gefolgt von Marschall Napier und den ebenfalls goldbetreßten Offizieren; dahinter stolziert die Kavallerie vor den Fußsoldaten und den Elefanten, welche die Kanonen auf ihren breiten Rücken die Berge hochschleppen; den Abschluß bilden die Lasttiere und das Schlachtvieh.

Kilometerweit erstreckt sich der Troß; gemächlich zieht er durch die Wüste, weg vom Meer und hoch in die Berge. Ab und an zieht ein menschenleeres Dorf vorbei, und Werner Munzinger lächelt bitter. Die Bauern sind samt ihren Herden und Familien geflohen; denn sie wissen aus tausendjähriger Erfahrung, daß noch nie ein Soldat etwas Gutes in ein Bauerndorf gebracht hat. Aber Napier ist sehr zufrieden.

»Klappt alles wie am Schnürchen. Habe ich Ihnen nicht gesagt, daß wir bestens vorbereitet sind?«

»Doch, das haben Sie, mein Marschall.«

Der Marschall nickt zufrieden. »Hoffen wir, daß Ihre Diplomatie genauso erfolgreich ist wie unsere Kriegsvorbereitung. Wie hieß noch mal der Mann, den Sie kürzlich besucht haben?«

»Fürst Kassai von Tigre, mein Marschall. Er ist der große Gegenspieler von Theodoros und beherrscht den ganzen Nordosten Abessiniens. Unser Weg führt zu zwei Dritteln durch sein Hoheitsgebiet.«

»Fürst Kassai, richtig. Und, was hat der Mann gesagt?«

»Daß er uns freien Durchzug garantiert, wenn wir Theodoros töten. Als Belohnung will er Waffen und Kanonen.«

»Kann er haben, kann er haben ... Wenn unterwegs auch wirklich nichts schiefgeht.«

Es geht nichts schief unterwegs. Nach dreiundsechzig ereignislosen Tagen und sechshundert Kilometern Marsch trifft Werner Munzinger mit der Vorhut der Invasionsarmee am

Fuß der Felsenfestung Magdala ein. Kanonen werden in Stellung gebracht, Zelte aufgeschlagen und Fahnen gehißt. Werner setzt sich in einen Klappstuhl und beobachtet die Vorbereitungen für das unvermeidliche Gemetzel. Senkrecht und hundertzwanzig Meter hoch ragen vor ihm die Felswände von Magdala in die Höhe. Dort oben hat sich Theodoros verschanzt; bei ihm sind etwa viertausend Krieger und deren zwanzigtausend Frauen und Kinder. Die Festung liegt auf einem Hochplateau von zwei Kilometern Länge und achthundert Metern Breite und ist nur über eine in den Fels gehauene Treppe erreichbar. Werner weiß, daß in diesem Moment der stolze Theodoros hinunterschaut auf den furchterregend disziplinierten Feind, der mit seinen schrecklichen Kanonen und Gewehren von so weit her gekommen ist. Werner ahnt die sorgenvollen Gesichter der Offiziere, die ihrem Kaiser in hundert siegreichen Schlachten zur Seite gestanden sind, und er fühlt die hoffnungslose Wut, mit der Theodoros seine Befehle zischt.

Die Schlacht läßt nur vierundzwanzig Stunden auf sich warten. Am Nachmittag des 10. April 1868 entdeckt Theodoros am Horizont eine Staubwolke. Er greift zum Fernrohr, erkennt, daß noch viel mehr britische Truppen im Anmarsch sind, daß diese schreckliche Armee am Fuß des Berges nur die Vorhut war – und gibt Befehl zum Angriff. Um 16 Uhr bricht die kampferprobte Kavallerie des Kaisers aus der Festung hervor und stürmt, bewaffnet nur mit Lanzen, Säbeln und einigen wenigen Vorderladern, auf den Feind zu. Die Briten sind überrascht, aber dann bringen sich das 23. Infanterieregiment der *Punjab Pioneers* und das 27. der *Beloochees* in Gefechtstellung. Die Schlachterei dauert knapp zwei Stunden. Aus ihren Snider-Repetiergewehren feuern die Briten 19 000 Schuß ab, vierhundertmal brüllen die schweren Armstrong-Kanonen auf. Was dann von der abessinischen Armee noch übrig ist, flieht in heller Panik hinein in die Täler und hoch in die Berge. Nur eine Handvoll Veteranen denkt daran, sich wieder nach Magdala an die Seite des Kaisers zurückzuziehen.

Als alles still ist, schreiten Munzinger und Marschall Napier Seite an Seite übers Schlachtfeld. Es werden 370 tote und 250 verletzte Abessinier gezählt; Gefangene hat man nur zwei gemacht. Auf seiten der Briten gab es lediglich 19 Verletzte (ein Offizier und 18 Soldaten). Napier ist sehr zufrieden. Werner Munzinger schweigt.

In der Nacht trifft die Hauptstreitmacht vor Magdala ein, und morgens um fünf steht die ganze Armee in Angriffsformation. Werner Munzinger sitzt neben dem Zelt des Marschalls und wartet auf den Sonnenaufgang.

Plötzlich geht ein Raunen durchs Lager: Zwei Europäer kommen die in den Fels gehauene Treppe hinunter. »Zwei Geiseln! Theodoros hat zwei Geiseln freigelassen!«

Die zwei Männer werden zu Marschall Napier geführt. Sie heißen Prideaux und Flad; Theodoros hat sie geschickt, um mit den Briten einen Friedensvertrag auszuhandeln.

»Frieden will der Mann?« Der Schnurrbart lächelt ein sehr britisches Lächeln. »Sagen Sie ihm, daß es in dieser Gegend schon bald sehr friedlich sein wird. Sehr, sehr friedlich.«

Da mischt Werner Munzinger sich ein. »Erlauben Sie, mein Marschall; ich bin der Ansicht, daß der Kaiser einen ehrenvollen Abzug verdient, wenn er alle Geiseln freiläßt.«

Aber Marschall Napier wedelt abwehrend mit seinen weißen Handschuhen. Zu den Unterhändlern sagt er: »Wenn Theodoros bedingungslos kapituliert, bürge ich für sein Leben – nichts als das nackte Leben. Sagen Sie ihm das!«

Darauf sagt Werner Munzinger nichts mehr; er wird überhaupt kein Wort mehr sprechen, bis er wieder zu Hause in Massaua ist. Er setzt sich in seinem Zelt aufs Feldbett, während Prideaux und Flad wieder zu Theodoros hochklettern. Bald darauf hört er von ferne ein metallisches Klingen; das sind die Schmiede von Magdala, die den vierundsechzig Geiseln die Fußfesseln abschlagen. Werner steht nicht auf, als die Freigelassenen unter lautem Hallo im Lager empfangen werden. Er steckt sich eine Pfeife an, als Theodoros seinen restlichen Soldaten freistellt, gemeinsam mit ihm zu sterben oder sich vor der letzten Schlacht den Engländern zu ergeben. Werner will nicht mitansehen, wie Tausende gedemütigte Soldaten ihre Waffen Marschall Napier zu Füßen legen, er will nicht an die Todesängste der Frauen und Kinder denken, die jetzt schutzlos auf Magdala zurückbleiben. Stunden später hört Werner zwar das Brüllen und Blöken der tausendfünfhundert Rinder, die Theodoros als Versöhnungsgeschenk von Magdala hinunter zu Marschall Napier treiben läßt – aber es ist ja doch alles vergebens, und Werner macht lieber noch eine Flasche Honigwein auf. Er schläft schon längst, als die modernste Artillerie der Welt die mittelalterliche Festung Magdala in Schutt und Asche legt. So entgeht ihm, wie verzweifelt sich Theodoros wehrt mit den hundert Getreuen, die ihm geblieben sind. Er sieht nicht, wie die Festungsmauern unter der Kanonade einstürzen und die ersten von viertausend britischen Soldaten die rauchende Ruine stürmen. Im allgemeinen Getöse hört Werner auch nicht den feinen Knall des Revolvers, den Queen Victoria vor vier Jahren dem abessinischen Kaiser geschenkt hat; Theodoros hat sie sich kurz vor der Gefangennahme in den Mund gesteckt und abgedrückt.

Marschall Napier ist sehr zufrieden. Mit der Großmut des Siegers läßt er die zwanzigtausend Frauen und Kinder ziehen, ihrem ungewissen, aber mit Sicherheit schweren Schicksal entgegen. Die Leiche des Theodoros wird der Kaiserin überlassen, die ihren Gatten in der hölzernen Kirche von Magdala bestattet. Das bemerkt Marschall Napier, und er gibt Weisung, daß die Kirche geschont werde, wenn Magdala in Brand gesetzt wird. Unglücklicherweise aber liegt Magdala 3600 Meter über Meer. In diesen Höhen weht immer ein Lüftchen, und so dauert es nicht lange, bis die Kirche lichterloh brennt und der Wind die Asche des Kaisers fortträgt über die Berge Abessiniens.

Dann erwacht Werner mit fürchterlichen Kopfschmerzen, und die Armee macht sich auf den Rückweg. Werner reitet wortlos weit voraus. Ende Juni 1868 hat der letzte Soldat der Invasionsarmee Afrika verlassen. Fürst Kassai von Tigre erhält zwölf Kanonen, 725 Musketen und reichlich Munition; damit erobert er den verwaisten Kaiserthron und nennt sich fortan Johannes IV.

Werner ist zurück in Massaua. Für die Weiterreise nach Europa reicht das Geld doch nicht. ›Vielleicht nächstes Jahr!‹ denkt Werner. Und darauf macht er noch eine Flasche Honigwein auf.

32

In äußerst aufgeräumter Stimmung verließen der Chef und ich den ›Ochsen‹ und nahmen männlich-zärtlichen Abschied.

»Des kleinen Mannes Sonnenschein ist Ficken und Besoffensein!« schrie er in die Nacht hinaus, während er in seinen Mercedes stieg. Ich ging die kurze Liste der Oltner Nachtlokale durch und überlegte, wo ich am ehesten einen Freund treffen würde, der mich so gut verstand wie der Chef. Die Chancen standen wirklich nicht gut, ich steuerte meine Schritte heimwärts. Plötzlich blieb ich stehen. Die Schwäne! Die hatte ich ganz vergessen. Ich stapfte hinunter an die Aare und setzte mich auf einen umgestürzten Baumstamm. Ich schaute flußaufwärts über die Wellen – da war keiner. Ich schaute flußabwärts – auch da war kein Schwan. Friedlich murmelnd zog das Wasser im silbernen Mondlicht dahin, schwarz standen die Bäume am gegenüberliegenden Ufer, als plötzlich ein Delphin aus dem Wasser sprang und in weitem Bogen flußaufwärts durch die Luft flog. Danach war wieder Ruhe. Ich wollte eben die Erscheinung als Halluzination zu den Akten legen, als an derselben Stelle ein zweites dieser lächelnden Tiere den runden Kinderkopf aus dem Wasser hob und sein meckerndes Lachen in den Nachthimmel hinausschmetterte. Und dann tauchte ein zweiter

Delphin auf und bald ein dritter, dort sprangen gleich fünf nebeneinander hoch wie Synchronschwimmer, da tanzte ein Paar auf den Schwanzflossen über die Wellen, und über allem war dieses sorglose Gelächter und Geplätscher.

Da versteckte sich der Mond hinter einer Wolke, das silberne Wasser verwandelte sich in schwarze Tinte. Die Delphine versanken alle gleichzeitig, als wären sie von geheimnisvollen Fäden zur Erdmitte hin gezogen worden. Und wieder war Ruhe. Verwirrt scharrte ich mit den Füßen im Sand und wartete darauf, daß der Mond wieder auftauchen möge. Statt dessen kletterte mir etwas Feuchtes, Kantiges, Schartiges das Hosenbein hoch, riß an meinen Beinhaaren, ritzte mir die Haut und hielt ganz offensichtlich auf meine Unterwäsche zu. Mit einem mädchenhaften Aufschrei war ich auf den Beinen und schüttelte das Ding aus meiner Hose. Es war ein Krebs. Mit kleinen, blöden Äuglein sah der größenwahnsinnige Wicht zu mir hoch, gefräßig öffneten und schlossen sich seine Scheren, mit selbstmörderischer Ruhe krebste er auf meinen rechten Fuß zu. Unwillkürlich trat ich zwei Schritte zurück, suchte den Strand nach einem Stück Treibholz ab, das ich als Waffe verwenden konnte – und da sah ich sie: Zu Hunderten, zu Tausenden, zu Millionen ließen sich die Krebse von der Brandung ans Ufer spülen, mit hirnloser Selbstsicherheit krabbelten sie über Muscheln, Algen, abgewetzte Plastiksandalen und ausgetrocknete Quallen hinweg, alle unbeirrbar unterwegs zu einem Ziel, das nur ihnen bekannt sein mochte. Ich floh die Düne hoch und beobachtete aus sicherer Entfernung diese stumme Invasion. Und während sich die vorderste Reihe im Sand hügelan kämpfte in unerschütterlich gleichbleibendem

Tempo, entstiegen dem Meeresschaum tausend mal tausend Nachzügler, die wiederum nur die Vorhut waren all jener, die noch dort draußen im Wasser warteten. Als der erste Krebs oben auf der Düne anlangte, machte ich mich an den Abstieg. Hinter mir rutschten und kollerten die Scherenschwinger den Hang hinunter, und ich lief, so schnell ich konnte, auf die Überlandstraße zu. Ein schwarzer Lastwagen kam rasch näher und blendete mich mit seinen Scheinwerfern; ich winkte und ruderte mit den Armen, damit er mich mitnehme; der Brummer wurde immer größer und lauter, bis er auf meiner Höhe anlangte, mit seinem Nebelhorn trötete und dann rasch im Dunkel der Nacht verschwand. Aber schon tauchten am Horizont zwei neue Lichter auf, brausten heran und an mir vorbei, als säße da gar kein menschliches Wesen im Cockpit, das Augen hätte, mich zu sehen. Ich hingegen sah etwas, als die Scheinwerfer des dritten Lastwagens den Asphalt beleuchteten. Die Krebse hatten, wie nicht anders zu erwarten war, ihren Vormarsch über den Straßenrand hinaus fortgesetzt. Die zehntausend von der Frontlinie hatten kaum einen Meter Asphalt hinter sich gebracht, als der Lastwagen heranbrauste und einen nach dem andern und ohne Ausnahme unter den Gummiwalzen seiner vier Achsen zermanschte. In der folgenden Dunkelheit erhob sich ein gräßliches Schlürfen, Knacken und Schmatzen aus der Stille. Das mußten die geborstenen Chitinpanzer, zerquetschten Muskeln und ausgelaufenen Körpersäfte sein, die sich kraft ihrer eigenen leblosen Elastizität wieder aus den Vertiefungen des Asphalts abhoben. Aber nein: Im Licht des nächsten Lastwagens sah ich, daß die nachfolgenden Krebse das zerschmetterte

Gekröse ihrer Vorgänger fraßen, Schleim und Splitter mit ihren plumpen Scheren aufklaubten und in die unersättlichen Mäuler schoben, bis die gewaltigen Pneus heran waren und die Kannibalen in Sekundenschnelle ihrer Mahlzeit gleichmachten. Und wieder breitete sich die Nacht über die Szenerie, und wieder begann dieses Schlürfen und Knacken, und wieder nahten in rasender Fahrt zwei gnadenlose Lichter. Ich brach in Tränen aus und setzte mich auf einen merkwürdigen Felsbrocken, der sich am Straßenrand erhob. Bier! schrie meine Seele. Bier! Bier! Bier! Für jeden einzelnen dieser zermanschten Krebse will ich mindestens ein großes Glas Bier, jetzt gleich, sofort, hunderttausend Hektoliter Bier!

33

Bern, 20. März 1870

Lieber Werner!

Ich möchte Dir manches sagen, aber dann habe ich doch nur eines zu sagen: Meine geliebte, meine theure Marie ist tot. Hättest Du sie gekannt wie ich, so würdest Du verstehen, daß ich jetzt nicht besser bin als ein elender vom Blitz getroffener Baumstrunk, an dem kein Blättchen und kein Zweig mehr grünen will. Es ist ödes, düsteres Nachtdunkel um mich her, und wenn man auch eine Kerze anzündet, so weicht doch das Dunkel ringsum nicht.

Heute sind mir den ganzen Tag Blumen und Kränze zugekommen von allen, die Marie liebhatten; morgen werden sie, weiß auf weiß, ihr schneebedecktes Grab schmücken. Ich wünsche mir, daß morgen die Sonne recht hell scheinen möge.

Es war stets selig leuchtender Tag für mich, und mir war immer so sicher zumuthe, als wenn an meinem Lebenshimmel ewig die Sonne glänzen müßte. Und jetzt ist es so schwarze Nacht. Doch trotz des Verlusts danke ich dem Himmel, daß er mir Marie gegeben hat; tausendmal lieber will ich sie verloren als gar nicht besessen haben.

Nun sagen mir die Freunde, die heilende Zeit werde auch bei mir ihr Wunder wirken – aber gerade dieser Gedanke ist mir der traurigste. Denn er sagt mir, daß das geliebte Wesen immer ferner und ferner in die Vergangenheit zurücktreten wird. Während ich es jetzt noch in die Arme schließen kann, wird es einst nur noch ein Luftgebilde sein. Ich liebe meinen Schmerz, und wenn ich ihn einmal entbehren muß, so weiß ich, daß es nichts mehr mit mir ist.

Dein Bruder
Walther Munzinger

34

Oktober 1871. Werner Munzinger ist verschwunden. In Massaua ist er nicht, in Keren auch nicht, und in Kassala finden wir ihn ebensowenig. Noch weiter westlich aber, in Khartum, sehen wir einen jungen Europäer, der im Schatten eines Feigenbaumes ein kleines Grab im staubigen Erdboden aushebt. Es ist Adolf Haggenmacher aus Brugg im Kanton Aargau, sechsundzwanzigjährig, der seit fünf Jahren sein Glück als Handelsmann in Ostafrika sucht, und zwar vergeblich. Hier in Khartum ist er hängengeblieben, weil er in leidenschaftlicher Liebe entbrannte zu einem Mädchen, das ein venezianischer Kapitän auf Expeditionsreise mit einer Sudanesin gezeugt hat.

Haggenmacher geht ins Haus und holt Fritz, seinen erstgeborenen Sohn, der gestern kurz nach seinem dritten Geburtstag am Fieber gestorben ist. Die Mutter will nichts wissen von der Beerdigung; sie hat sich mit dem kleinen Eduard zum Mittagsschlaf hingelegt. Nun, da der Ältere tot in den Armen Haggenmachers liegt, ist er fast so bleich wie sein Vater. Aber das Kraushaar ist doch ganz das der Mutter, und die lieben Gesichtszüge sind auch nach ihr geraten. Haggenmacher legt Fritz ins Grab. Die Schaufel schleudert er weit fort. Mit bloßen Händen greift er in den Erdhaufen, sachte deckt er den kleinen Körper zu, als hätte er Angst, ihn aufzuwecken. Als die Grube voll ist, bedeckt er das Grab zum Schutz gegen die Hyänen mit schweren Steinen. Dann pflanzt er ein selbstgezimmertes Holzkreuz ans Kopfende, bekreuzigt sich und geht schnell weg. Haggenmacher läuft zum Viehmarkt von Khartum und kauft drei Kamele. Zu Hause angekommen, weckt er sein Weib.

»Pack all unsere Sachen zusammen. Verkauf, was du kannst, und schenk den Rest den Nachbarn. Wir ziehen fort.«

»Wohin?«

»In die Schweiz. Dort werden die Kinder hundert Jahre alt.«

Adolf Haggenmacher wählt nicht den direkten Heimweg auf dem Nil hinunter nach Kairo und Alexandria. Er will über Kassala und Keren ans Rote Meer ziehen, um unterwegs mit einigen Handelsgeschäften die Reisekasse aufzubessern. Aber er hat Pech: In jenem Jahr suchen Trockenheit, Viehseuchen, Hungersnöte und Teuerung den Sudan und Abessinien heim. Mit Müh und Not erreicht die Familie Massaua, und nach dem Verkauf der abgemagerten Kamele bleibt gerade genug Geld für die Schiffahrt nach Suez.

Völlig mittellos stehen Haggenmachers eine Woche später am Hafen von Suez. Irgendwie müssen sie nach Kairo gelangen; dort hat Haggenmacher Bekannte, die ihm bestimmt weiterhelfen werden. Plötzlich ist da Hufgetrappel und das Gestampfe von Marschstiefeln. Haggenmacher bringt Frau und Kind vor den Soldaten in Sicherheit. Jemand brüllt einen Befehl, das Getrappel und Gestampfe erstirbt. Aus der Mitte der Soldaten reitet ein Mann auf die Haggenmachers zu. Der Kleidung nach ist es ein Würdenträger des Osmanischen Reiches; der Rock sitzt straff, auf dem Kopf trägt er einen roten Fez und auf der Brust eine Menge bunter Orden. Aber er hat blaue Augen. Es ist Werner Munzinger, der seit neustem den militärischen Titel eines Beys trägt und schon bald den Ehrentitel eines Paschas erhalten wird; er ist auf dem Rückweg von Kairo, wo ihn der ägyptische Khedive Ismail, der Vizekönig, zum Gouverneur von Massaua und den Provinzen am Roten Meer ernannt hat. Werner Munzinger steigt vom Pferd und stellt sich vor, wie das üblich ist unter Europäern im Orient. Er lädt die Familie ins nächste Kaffeehaus ein, die Soldaten müssen draußen warten. Nach dem zweiten Kaffee sagt Werner: »Was wollen Sie in dem alten Europa! Kommen Sie mit mir, ich habe Arbeit für Sie!«

Und Haggenmacher sagt sofort zu.

Werner Munzinger besitzt jetzt ein eigenes Schiff, die ›Tûr‹, einen kleinen Dampfer von 358 Tonnen und 450 Pferdestärken mit zwei Heizkesseln, zwei Schrauben, drei Segelmasten und einem Kamin. Abends um sechs Uhr werden die Leinen losgemacht. Mit dem neuen Gouverneur, dessen Soldaten und der Familie Haggenmacher an Bord nimmt das Schiff Kurs auf Massaua.

Nach fünf Tagen kommen die drei Inseln von Massaua in Sicht. Der Kapitän läßt die Flagge hissen, und von den Inseln her wird der neue Gouverneur mit Salutschüssen begrüßt. Die ›Tûr‹ legt an, Werner geht mit seinem Gefolge von Bord. In den Gassen Massauas stehen die Menschen Spalier, sie rufen und jubeln, und Werner salutiert linkisch nach allen Seiten. Er zieht in den Gouverneurspalast ein, wo ihn Oulette-Mariam schon erwartet; der Palast ist zwar sehr schlicht gehalten, aber immerhin das einzige dreistöckige Gebäude in Massaua und geräumig genug, um auch noch Haggenmachers Familie Obdach zu bieten. Und Haggenmacher, der noch vor zwei Wochen der ärmste Schlucker war mit drei klapprigen Kamelen als einzigem Besitz, kann sein Glück nicht fassen.

Für Werner Munzinger aber hat der Arbeitstag erst begonnen. Seine Diener nötigen ihn, Platz zu nehmen auf jenen großen, bunten Kissen, die einem orientalischen Herrscher einfach zustehen. Oulette-Mariam setzt sich neben ihn, und dann beginnt das endlose Defilee der Gratulanten und Bittsteller, der Heuchler und Kriecher, die sich in zeremoniellen Begrüßungen, Vorstellungen und Ergebenheitserklärungen ergehen. Beduinenhäuptlinge werden abgelöst von schwedischen Missionaren, ägyptische Offiziere von abessinischen Handelsleuten, der französische Konsul von einem britischen Kapitän, und alle werden sie mit Kaffee und Tabak bewirtet, und alle, alle wollen sie etwas von Werner Munzinger.

Oulette-Mariam hat's gut, von ihr will keiner etwas. Mit halbgeschlossenen Augen und kerzengeradem Rücken sitzt sie still da und lächelt in ihre Kaffeetasse hinein. Von Zeit zu Zeit sieht sie ihren Ehemann an, und dann zeigt sie ihre weißen Zähne.

»Ich wünschte, du würdest mich nicht auslachen!« schimpft Werner in einem unbeobachteten Moment.

»Das kannst du nicht von mir verlangen, Werner Munzinger. Du würdest auch lachen, wenn du an meiner Stelle wärst und ich an deiner.«

Werner schnaubt. »Schließlich hast du gewollt, daß ich

das Amt übernehme. Wäre es nach mir gegangen, wir wären hübsch und still in unserem gemütlichen Steinhaus geblieben.«

»Nicht ich habe es gewollt, Werner Munzinger. Der Khedive hat es gewollt, weil du dich im Dienst der Engländer als nützlich erwiesen hast. Und einem König schlägt man nun mal keinen Wunsch aus. Das wäre dein Todesurteil gewesen, das weißt du doch.«

Da kündigen die Diener den nächsten Besucher an, und die Eheleute unterbrechen die Auseinandersetzung. Werner Munzinger aber hört immer drohender das Donnergrollen jener Maschine, die ihn stärker vereinnahmt als je zuvor.

Als der Besucherstrom endlich versiegt, besucht Munzinger in Begleitung von Haggenmacher die Regierungs- und Verwaltungsgebäude, die direkt an den Gouverneurspalast angebaut sind: das Steuerbüro, die Polizeistation, das Gefängnis. Im Kerker schmachtet schon seit vier Jahren ein junger Mann in Ketten, der ein Kamel gestohlen haben soll, die Tat aber nie gestanden hat. Nachdenklich betrachtet Werner den Gefangenen, der regungslos im eigenen Kot liegt. Dann wendet er sich Haggenmacher zu.

»Ich bin doch jetzt der Herr über Massaua und die ägyptischen Provinzen am Roten Meer, nicht wahr?«

»Sie sind der Gouverneur.«

»Das heißt, ich bin die oberste politische, militärische und juristische Instanz?«

Haggenmacher ist leicht irritiert. »Jawohl, ich denke schon.«

»Ich kann also befehlen, was ich will, und man muß mir gehorchen... Wärter! Schließen Sie sofort diese Zelle auf und entlassen Sie diesen Mann in die Freiheit!« Und tatsächlich zückt der Wärter den Schlüsselbund. Er gehorcht. Werner ist fasziniert. Nachdem der Gefangene blinzelnd ins Licht der Freiheit verschwunden ist, wendet er sich wieder an den Wärter. »Und jetzt holen Sie einen Eimer Wasser und putzen diese Zelle! Aber gründlich!«

Ohne mit der Wimper zu zucken, geht der Wärter ab und holt einen Eimer Wasser. Werner schüttelt den Kopf, dann entfährt ihm ein erstauntes kleines Lachen. »Kommen Sie, mein Lieber, Kommen Sie! Eine Menge Arbeit wartet auf uns!« Er zieht den verwirrten Haggenmacher am Ärmel ins Freie.

»Als erstes verbinden wir Massaua über einen Damm mit dem Festland. Das Wasser ist höchstens zwei Meter tief, die Distanz beträgt etwa einen Kilometer – das sollte eigentlich leicht zu schaffen sein, oder was meinen Sie? Dann legen wir eine Wasserleitung von den Bergen über den Damm bis in die Stadt. Massaua braucht unbedingt frisches Wasser. Und wenn der Handel hier wirklich gedeihen soll, dann brauchen wir einen Telegrafendraht, vielleicht von hier über Keren nach Kassala. Dann könnten wir über Khartum eine Verbindung mit Kairo herstellen. Und der Küste entlang müßte eine Eisenbahn…«

35

Massaua, 1. Februar 1872

Exzellenz!

Ich habe die Ehre, Ihnen die Steuerstatistik der vergangenen fünf Jahre für die Provinz Massaua vorzulegen. Sie haben mir befohlen, jährlich 1000 Thaler Steuern einzutreiben. Nun sehen Sie aber, daß alle meine Vorgänger nicht mehr als 400 Thaler einnahmen.

Auf den ersten Blick möchte man meinen, daß der Gouverneur von Massaua reich ist, da er doch nur all die ausstehenden Steuern der letzten Jahre einzutreiben bräuchte. Der Verdacht liegt aber nahe, daß dieses Geld in der Bevölkerung einfach nicht vorhanden ist und also auch nicht eingetrieben werden kann.

Die Gründe für diesen Mißstand kenne ich noch nicht; aber es ist mir ein Anliegen, daß sich Ihre Exzellenz über die tatsächlichen finanziellen Verhältnisse der Provinz keine falsche Vorstellung macht. Selbstverständlich habe ich alle Maßnahmen eingeleitet, um die 1000 Thaler Steuern für das laufende Jahr vollumfänglich einzutreiben. Ich hoffe, daß es gelingt, ohne daß die Eingeborenen zu sehr leiden.

Zum Schluß möchte ich Ihre Exzellenz davon in Kenntnis setzen, daß mich gestern eine Delegation der vornehmsten Bogos besucht hat. Sie haben den Wunsch, sich meinem

Schutz zu unterstellen und künftig ihren Tribut in Massaua zu entrichten. Die Bogos gehören seit je zu Abessinien und zahlen auch Tribut an Kaiser Johannes. Nun sind sie aber unzufrieden, da der Kaiser die Ränder seines Reiches kaum gegen die ständig umherziehenden Räuberbanden schützt. Selbstverständlich habe ich keinerlei Zusagen gemacht, ohne vorher entsprechende Befehle Ihrer Exzellenz erhalten zu haben.

Bitte genehmigen Sie, Exzellenz, die Versicherungen der tiefsten Ehrerbietung Ihres demüthigsten und folgsamsten Dieners
   Werner Munzinger

Cairo, 21. Mai 1872

Mein lieber Munzinger Bey!

Ich bin einverstanden mit Ihrem Vorschlag, für den Bau einer Wasserleitung nach Massaua einen Schweizer Ingenieur zu engagieren. Ich gestatte Ihnen hiermit auch, die dafür nothwendigen Wasserröhren aus gebranntem Ton in London zu bestellen. Und da Sie noch nicht lange auf Ihrem Posten sind, werden wir die Rechnung von Cairo aus begleichen.

Hingegen bedaure ich Ihre Mittheilungen über die Steuersituation im Governorat Massaua. Ich bin aber überzeugt, daß Ihr wacher Geist und Ihre thatkräftige Hand die Verluste bald ausgleichen werden, so daß Ihr Regierungsbezirk künftig auf eigenen Beinen zu stehen vermag und ohne Hilfe aus Cairo auskommt.

Mit Interesse habe ich von Ihren Kontakten zu den Bogos Kenntnis genommen. Sollten sich auch die Belen und

Mareas Ihrem Schutz unterstellen wollen, so wäre mir dies willkommen. Ich schicke Ihnen mit diesem Brief ein Bataillon von achthundert Mann, vier Mitrailleusen und vier Gebirgskanonen.

                              Ich grüße Sie
                              Ismail

Vertraulich
An Bord der ›Tûr‹ bei Suakin,
31. Oktober 1872

Exzellenz!

Ich habe die Ehre, Sie über die weiteren Entwicklungen im Norden Abessiniens zu informieren. Ihrem Wunsch gemäß haben sich nach den Bogos auch die Belen und Mareas unter den Schutz Ägyptens begeben.

Im weiteren haben wir einen großen Theil der Danakil verpflichtet, künftig ihren Tribut in Massaua abzuliefern. Damit erstreckt sich das Hoheitsgebiet Ihrer Exzellenz ohne Unterbruch entlang der Küste des Rothen Meeres bis fast hinunter zum Golf von Aden. Aber das so glücklich begonnene Unternehmen darf nicht stehenbleiben. Wir müssen auch Beylul und Raheita unter Controlle bringen; dann können wir darangehen, die Provinz Aussa und die große Salzebene zu annektieren.

Zweifellos werden uns diese Schritte von großem Nutzen sein. Denn Aussa ist ein fruchtbares und reichbevölkertes Land, das erst noch an einer der großen abessinischen Handelsstraßen liegt. Es wird uns also ein leichtes sein, einen Großtheil der Karawanen aus Schoa und Galla an unsere Häfen zu ziehen.

Wenn uns Kaiser Johannes diesen Winter in Frieden läßt, möchte ich dafür das in Massaua stationierte ägyptische Bataillon verwenden. Diplomatische Konflikte sind keine zu befürchten, da keine europäische Macht in jenen Gebieten Ansprüche geltend macht. Einzig in Aseb, das zwischen Beylul und Raheita liegt, scheinen sich die Italiener festsetzen zu wollen. Wir müssen das Gebiet deshalb in aller Eile und unter höchster Geheimhaltung besetzen, bevor es zu spät ist.

Im Hinblick auf die bevorstehenden Unternehmungen bitte ich Sie, die ›Tûr‹ ersetzen zu dürfen, die zur Reparatur nach Suez muß. Ich denke an ein Schiff wie die ›Sahka‹, deren ausgezeichneter Capitain mir eine große Hilfe wäre.

Bitte genehmigen Sie, Exzellenz, die Versicherungen der tiefsten Ehrerbietung Ihres demüthigsten und folgsamsten Dieners
                              Werner Munzinger

                              Massaua, 26. November 1872
Lieber Walther!

Beliebst Du zu scherzen, wenn Du mich einen »großen Eroberer« nennst? Meine Expedition nach Bogos hat, wie ich sehe, in den europäischen Zeitungen schrecklichen Lärm gemacht. Und doch war schon geographisch nichts nothwendiger, ohne vom Grenzkrieg zu reden, der lange Zeit das Land entvölkerte und dem jetzt ein Ende gemacht ist, wenn nicht europäische Philanthropie dazwischenkommt. Mit der Besetzung von Bogos habe ich im übrigen auch den ewigen Stammeskriegen ein Ende bereitet, bei denen die Leute einander die Kinder stahlen, um sie zu verkaufen.

Vorbei ist es nun ebenso mit der abscheulichen Angewohnheit, die eigenen Kinder zu verkaufen, um Rinder kaufen zu können.

In Massaua bin ich sehr mit meiner Wasserleitung beschäftigt, die jetzt bis zum Meer fertig ist. Die beiden Dämme vom Ufer zu den Massaua-Inseln (1000 und 450 Meter lang) sind auch der Vollendung nahe.

Für die Wissenschaft, insbesondere für die Geographie, habe ich die ganze Zeit nichts tun können. Aber ich hoffe, bald an die Danakil-Küste zu gehen, und bringe vielleicht von dort etwas Neues mit.

Lieber Bruder! Verzeih, wenn ich Dich nicht nach Deinem Befinden frage; ich habe schon von verschiedener Seite erfahren, daß Du des Lebens nicht mehr froh wirst, seit Deine Marie von uns gegangen ist. Ich verstehe Dich wohl; auch mir ist manchmal so schwer zumuthe, daß ich nur noch schlafen wollte. Aber wir sind doch noch jung, wir beide; und haben wir wirklich schon alles erreicht, was wir uns vorgenommen hatten als Zwanzigjährige, vor zwanzig Jahren? Weißt Du noch?

                    Dein Bruder
                    Werner Munzinger

                              Massaua, 10. Februar 1873
Exzellenz!

Ich habe die Ehre, Ihre Majestät dahingehend zu informieren, daß ich in keiner Art und Weise in den Sklavenhandel verwickelt bin. Es ist auch eine Unterstellung zu behaupten, daß meine Bediensteten etwas damit zu thun haben. Würde sich auch nur einer von ihnen am Sklavenhandel bereichern, so würde ich ihn streng bestrafen, ganz nach den Befehlen, die mir Ihre Majestät gegeben haben.

Es entspricht auch nicht den Thatsachen, daß in Massaua öffentliche Sklavenmärkte abgehalten werden. Ich selbst befreie persönlich jeden Sklaven, der bei mir vorspricht. So habe ich in ganz Massaua und den umliegenden Dörfern sämtliche Sklaven (an die 4000 Personen) befreit, und das ohne einen Aufstand und ohne alles Aufsehen. Dasselbe werde ich auch im Land der Bogos thun.

Andrerseits will ich nicht bestreiten, daß jedes Jahr an die tausend Sklaven aus dem Landesinnern ans Rothe Meer geschleppt werden, wo sie dann in der Nähe von Massaua auf Schiffe verladen und nach Arabien gebracht werden. Aber es sind gewiß nicht meine Leute, die diesen Handel treiben, sondern die des Kaisers Johannes, von dessen Onkel ich im übrigen schon Drohbriefe erhalten habe, weil ich einen seiner Sklaventransporte abfing und die Unglücklichen befreite.

Im übrigen ist es kein leichtes, mit meinen bescheidenen Kräften eine Grenze von dreihundert Meilen zu controllieren. Und wenn ich nur hin und wieder eine Sklavenkarawane aufhalte, so schade ich damit am allermeisten den Sklaven selbst; denn dann werden die Treiber sie auf weiten Umwegen um Massaua herum durch die Wüste ans Rothe Meer hetzen.

Um den Sklavenhandel wirksam zu unterbinden, müßte man das Übel an der Wurzel packen, und selbiges heißt Johannes. Aber das würde eine gewissenhafte Vorbereitung und beträchtliche Ausgaben bedingen. Des weiteren genügt es auch nicht, die Sklaven einzig freizulassen; sie müssen ernährt, bekleidet und unterrichtet werden, damit die Befreiung eine echte Wohlthat werde. Bisher vermochten wir aus Geldmangel nichts anderes zu thun, als die befreiten Sklaven als Hausdiener bei Eingeborenen unterzubringen. Dort sind sie jedoch schlechter gestellt als die Sklaven. Denn ein Sklave lebt immerhin unter dem Dach und dem Schutz seines Herrn; der freie Hausdiener aber, der ja sein eigener Herr und Meister ist, muß selber schauen, wie er zurechtkommt.

Es reicht deshalb nicht aus, von Menschlichkeit zu predigen, man muß dafür auch gewisse Opfer bringen. Ich wäre glücklich, mich bei meinem nächsten Besuch in Cairo mit Ihrer Exzellenz über diese Dinge berathen zu können.

Bitte genehmigen Sie, Exzellenz, die Versicherungen der tiefsten Ehrerbietung Ihres demüthigsten und folgsamsten Dieners

Werner Munzinger

Cairo, 12. März 1873

Mein lieber Munzinger Pascha!

Mit Bedauern habe ich Ihrem Brief entnommen, daß Ihr Territorium so weitläufige Grenzen hat, daß Sie sie nicht zu controllieren vermögen. Wenn diese Aufgabe Ihre Kräfte übersteigt, so lassen Sie es mich wissen; es wäre mir eine Freude, einem verdienten Manne wie Ihnen eine ehrenvolle Position am Hof zu verschaffen.

Was aber Ihre neuen Kreditbegehren für Schulen und Spitäler betrifft, kann ich mich nicht genug wundern. Denn ich muß Ihnen sagen, daß die Gouverneure anderer Territorien schon seit langem kein Geld mehr von Cairo verlangen, sondern im Gegentheil Gold, Elfenbein und Negersoldaten in großen Mengen an unseren Hof schicken. Ich bin überzeugt, daß Sie dank Ihrer Fähigkeiten in Bälde zu einem zumindest ausgeglichenen Budget finden werden. Sollte Ihnen das Amt aber zu schwer werden, so zögern Sie nicht, um Ihre Versetzung nach Cairo nachzusuchen.

Ich grüße Sie
Ismail

36

Im Morgengrauen lief ich den Uferweg entlang zur alten Brücke. Mein Heimweg führte über diese Brücke, da half alles nichts. Mißtrauisch sah ich zu den tausend Tauben hoch, die wie zu klein geratene Geier im Gebälk saßen und schliefen. Ich wollte sie unter keinen Umständen wecken; ich setzte die Absätze meiner Schuhe so sanft als möglich auf die Holzbohlen, ich glitt elfengleich dahin, ich schwebte – doch da schlug eine Taube ihr rot entzündetes Auge auf. Sie schlug mit den Flügeln, und im nächsten Moment flatterten sämtliche tausend Tauben auf, segelten herunter von ihren Schlafbalken, hielten in wildem Durcheinander auf mein Gesicht zu, drehten im letzten Moment ab und stachen steil nach oben, nur um gleich wieder in chaotischer Staffel auf mich niederzustürzen. Ich hielt mir den Stapel Munzinger-Briefe schützend vors Gesicht, sank in die Knie und schrie wie am Spieß.

Der Spuk endete, wie er begonnen hatte. Wie auf Kommando segelten die tausend Tauben zurück ins Gebälk, setzten sich hin, klappten ihre blauen Lider über die roten Pupillen und schliefen weiter.

Ich rappelte mich auf und pflückte Taubenfedern und Exkremente aus den Haaren und von meiner Lederjacke. Der Schaden hielt sich in Grenzen. Aber da – die Munzinger-

Briefe! Sie sahen aus, als hätten die Tauben meinen Schutzschild einem gezielten Bombardement ausgesetzt. Verschliert und verkotet hingen sie an meiner Hand hinunter, die Schrift löste sich auf im ammoniakscharfen Schleim und tropfte zu Boden. Seufzend warf ich das ganze Bündel in die Aare. Die Strömung verteilte die einzelnen Blätter schnell über die ganze Breite des Flusses, und sie leuchteten in der Nacht. Dann lief ich heimwärts. Ich wollte schlafen. Übermorgen würde ich Polja vom Flughafen abholen, und dann würden wir weitersehen.

37

Massaua, im Juli 1875. Werner Munzinger Pascha ist jetzt dreiundvierzig Jahre alt und steht auf dem Höhepunkt seiner Macht. Er regiert über zwei Millionen Menschen; sein Reich ist dreimal so groß wie die Schweiz und reicht vom Roten Meer bis in die Wüste des Sudans und südwärts hinauf ins abessinische Hochgebirge. Der Damm und die Wasserleitung nach Massaua sind vollendet, der Telegrafendraht nach Khartum ist längst gespannt. Jetzt vermessen Eisenbahningenieure das Land auf der Suche nach möglichen Linienführungen von Massaua gegen Westen und nach Norden, Geologen bohren im Steppensand nach Wasser, Straßenbauer bessern Wege aus und erstellen Brücken, Agronomen bauen in großen Versuchsbetrieben Baumwolle, Tabak und Indigo an.

Zu Hunderten stranden die europäischen Einwanderer in Munzingers Reich; landlose Bauern aus der Schweiz, verarmte Handwerker aus England, jugendliche Abenteurer aus Deutschland, Missionare aus Schweden, Frankreich und Italien. Jede Woche bringt das Postschiff dem Gouverneur Briefe von Menschen, die er nicht kennt. Er beantwortet sie längst nicht mehr alle; hin und wieder aber rührt ihm einer besonders ans Herz, wie etwa der Brief jenes Bauern Huber aus Aarau, dessen Land bis ganz nah an die Stadtgrenze von Olten reicht. Dann setzt sich Werner ans Pult und schreibt.

Massaua, 5. Juli 1875

Lieber Herr Huber!

In Antwort auf Ihren Brief habe ich Ihnen zu sagen:
- daß ich Ihnen wohl ein Stück Land abgeben kann, das Sie cultiviren können;
- daß Sie auf Ihre eigene Rechnung bis Massaua kommen müssen. Die Ausgaben von der Schweiz bis hierher belaufen sich auf etwa 100 Franken;
- daß Sie am besten im Herbst oder Winter kommen, da dann die Temperaturen für einen Neuankömmling am erträglichsten sind und die Regenzeit noch weit weg ist; Sie reisen wohlfeiler über Aden mit dem Rubbatino-Dampfer und von da per Barke nach Massaua;
- daß Sie keine Schießwaffen mitzubringen brauchen.

Ihr freimüthiger Brief erlaubt es mir, meinerseits auch offen die Meinung zu sagen. Die Bücher, die Sie gelesen haben, reden schon die Wahrheit; aber Afrika erhält sein blendendes Colorit vor allem dadurch, daß wir der Zukunft und der Ferne zulächeln, dabei aber der Gegenwart und der Heimath keine Poesie abzugewinnen vermögen.

Ich rathe Ihnen, zu Hause zu bleiben. Es ist viel schöner zu Hause als bei den Wilden und Halbwilden; es ist viel mehr wahre Poesie zu Hause als in ganz Afrika. Eine ärmliche Existenz in der Heimath ist mehr werth als tausend Abentheuer in der Ferne. Sie haben Mutter und Schwester: Haben Sie das Recht, sie zu verlassen, einfach aufs Gerathewohl hin? Einigen ist es gelungen, ihr Glück zu machen –

die meisten aber sind gescheitert. Daß Sie hier zu Reichthum kommen und dann Ihre Nächsten aus dem Elend ziehen können, ist sehr ungewiß, und daß Sie überhaupt jemals die Heimath wiedersehen, ist auch nicht so sicher.

Fühlen wir nicht alle mit dem Älterwerden immer stärker, daß die Familienzugehörigkeit das einzige Band ist, das im Leben Werth hat? Bedenken Sie sich gründlich, bevor Sie dieses Band zerreißen.

Wenn Sie aber durchaus kommen wollen, so lassen Sie die Illusionen zu Hause; ich für meinen Theil werde das Möglichste thun, Ihnen den Anfang zu erleichtern. Aber besser und immer besser bleibt das alte und einfache Sprichwort: »Bleib im Land und nähr dich redlich!«

Ihr aufrichtiger
Werner Munzinger

In jenem Sommer 1875 hat der Generalgouverneur der ägyptischen Provinzen am Roten Meer und des östlichen Sudans erhebliche Sorgen. Kaiser Johannes hat seine sämtlichen Truppen im Norden zusammengezogen. Er will diesem Munzinger, der ihn damals zum Frieden mit den Engländern überredete, das Bogos-Land und die übrigen annektierten Gebiete wieder abjagen. Ägypten seinerseits hat einen Freundschafts- und Handelsvertrag abgeschlossen mit Fürst Menelik von Schoa, dem großen Rivalen des Kaisers und ersten Anwärter auf dessen Nachfolge. Aber die Regenzeit hat schon begonnen; die Wege sind sumpfig, und ein sofortiger Krieg ist unwahrscheinlich.

Cairo, 31. Juli 1875

Mein lieber Munzinger Pascha!

Die europäischen Zeitungen behaupten seit neustem, wir hätten im Sinn, ganz Abessinien zu erobern. Ich rathe Ihnen deshalb zu größter Vorsicht bei der Mission, mit der ich Sie betraut habe. Insbesondere dürfen Sie nichts unternehmen, was dem Verdacht der Europäer Nahrung gibt. Denken Sie daran: Es geht für Sie lediglich darum, einen Handelsweg von Schoa nach dem Rothen Meer zu eröffnen. Sie werden mit dem Expeditionscorps in der Tadjura-Bay landen, dann westwärts Richtung Schoa ziehen, aber nicht weiter als bis Aussa vorstoßen. Dort werden Sie die Scheichs, die den Karawanenweg nach Schoa controllieren, zu Verhandlungen einladen.

Vor allem aber schicken Sie keine militärische Expedition ins Landesinnere. Das könnte als Angriff auf Abessinien aufgefaßt werden und uns größte Schwierigkeiten bereiten.

Ich grüße Sie
Ismail

Massaua, 1. Oktober 1875. Werner Munzinger Pascha sticht mit seinem neuen Dampfschiff, der ›Zagazig‹, in See. Mit an Bord sind Oulette-Mariam, Adolf Haggenmacher, fünfhundert ägyptische Soldaten und zwei Kanonen. Die Fahrt geht sechshundert Kilometer südostwärts entlang der Danakil-Küste, die Munzinger im Namen des Khediven erobert hat. Nach vier Tagen verläßt die ›Zagazig‹ durch die Meerenge von Aden das Rote Meer und legt am 5. Oktober in der Tadjura-Bay an. Hier schreibt Werner drei Wochen später den letzten Brief seines Lebens. Empfänger ist der Schweizer

Lehrer Eduard Dor aus Vevey, der in Kairo im Dienste des Khediven steht.

»So sind wir endlich aus Tadjura abgefahren. Um den Leuten und Kamelen einen Marsch im Sand dem Meer entlang zu ersparen, dampfen wir noch 15 Meilen mit der ›Zagazig‹ der Küste entlang, bis zum Landungsplatz Gela Heffo. Abends beginnt dann die Landreise. Wir hatten einen ziemlich langen Aufenthalt in Tadjura, da wir nur schwer zu Kamelen kamen. Auch jetzt reisen wir nur mit dem Allernothwendigsten, Biscuits und Käse als Vorrath, die wir selber tragen; keine Zelte. Ich habe 350 Mann mit zwei Kanonen und zwei Mitrailleusen. Der Rest wartet in Tadjura. Von hier nach Aussa sind es etwa 36 Stunden, teilweise schlechtes Vulkangeröll. Unsere Aufgabe sieht je näher, je schwieriger aus, weil wir es mit einem ganz fremden, eigenthümlichen Volke zu thun haben, dessen Vertrauen zu gewinnen wir noch nicht die rechten Wege kennen. Ehrlichkeit und Geduld werden uns hoffentlich aber auch hier die Herzen erobern, oder vielmehr die Köpfe. Wir sind alle wohlauf; meine Frau ist mit mir und wird mir in den Stunden der Verzagtheit eine rechte Stauffacherin sein. Aufmunterungen werde ich freilich brauchen. Der Zweck unserer Reise aber ist schön; Hinter-Abessinien bekommt Luft gegen das Meer hin und wird sicher aufblühen.«

38

Pünktlich um 17.48 Uhr stand ich in der großen Halle von Terminal B. Ich hielt eine rote Rose in der Hand und wußte nicht recht, was ich damit anfangen sollte. Hielt man Rosen senkrecht mit dem Kopf nach oben? Senkrecht mit dem Kopf nach unten? Oder waagrecht irgendwie, oder sogar schräg, und wenn ja, in welchem Winkel?

Die große Anzeigetafel hoch oben gab ratternd bekannt, daß Flight Number 652 von Kairo soeben gelandet sei. Vor meinem geistigen Auge sah ich den Silbervogel draußen im Schnee stehen; ich sah, wie der eckige Schlauch des Fingerdocks heranfuhr und zwei ewig lächelnde Stewardessen die Tür hinter dem Cockpit öffneten; ich sah die zweihundert Passagiere, die eilig ihre Mäntel und Handtaschen aus der Gepäckablage rissen und einander um die Ohren schlugen, jeder einzelne voll panischer Angst, daß der Silbervogel unvermittelt wieder abheben und sie alle ans andere Ende der Welt entführen könnte. Und natürlich sah ich Polja, die inmitten dieses Gewimmels zweifelsohne sitzenblieb mit ihrer Würde einer Königin von Saba, und ich war mir sicher, daß niemand es wagen würde, ihr einen Mantel oder eine Handtasche um die Ohren zu schlagen.

Plötzlich brach in der großen Halle ein Inferno aus. Über das große Förderband kam eine Gruppe glücklicher Menschen angerollt, die eifrig riesige Kuhglocken schwenkten und Transparente aus Stoff und Karton in die Höhe hielten. ›Hintergüpf-Oberstüßlingen gratuliert seinem Weltmeister!‹ stand da, und ›Bravo Hansi!‹ oder einfach ›Oleee, ole, ole, oleeee!‹. Die Leute zogen an mir vorbei. Ich schämte mich plötzlich meiner roten Rose, versteckte sie hinter dem Rücken und folgte den Leuten zur großen Glasscheibe, hinter der die ankommenden Fluggäste auftauchen mußten. Wahrscheinlich lief Polja jetzt gerade durchs Fingerdock. Gleich würde sie zur Paßkontrolle kommen – o Gott, war Polja eigentlich Schweizerin? Hoffentlich hatte sie keinen russischen Paß, sonst würde sie die Bekanntschaft sämtlicher diensthabender Zöllner am Flughafen Kloten machen, bevor sie bei mir ankam. Andrerseits – wenn ich Polja heiratete, konnte ich mir vielleicht die russische Staatsbürgerschaft erschleichen, und das würde möglicherweise ganz neue Perspektiven für den weiteren Lebensweg...

»Sind Sie eigentlich auch aus Hintergüpf-Oberstüßlingen?« Ein kleiner Mann mit einer gefütterten Sportjacke brachte seine Kuhglocke zum Schweigen und sah mißtrauisch zu mir hoch. Um seine Nase herum mußten irgendwelche Gesichtsmuskeln zu kurz geraten sein, so daß er beständig die Nase rümpfte, die Oberlippe hochzog und zwei beachtlich scharfe Schneidezähne sehen ließ. »Sind Sie eigentlich auch aus Hintergüpf-Oberstüßlingen?«

»Nein. Sie?«

»Aber sicher doch. Wir holen unseren Huber Hansi ab. Den Weltmeister. Das gibt ein Fest heute abend!« Der kleine Mann bemerkte, daß ich eine Hand hinter dem Rücken versteckt hielt. Er beugte sich zurück, entdeckte die Rose, grinste verächtlich, wandte sich von mir ab und schüttelte wieder seine Kuhglocke. Ich sah ein, daß ich jetzt unmöglich fragen konnte, in welcher Disziplin Huber Hansi Weltmeister geworden war.

Hinter der Glasscheibe spuckte ein Förderband die ersten Koffer aus. Schon kamen ein paar Fluggäste: eilige Geschäftsleute in gutsitzenden Wintermänteln und mit braven Aktenköfferchen, die immer schön bei Fuß blieben; braungebrannte Touristen in viel zu bunter und viel zu leichter Kleidung, die schon viel zu bald wieder grau vermummt mit dem Tram ins Büro fahren würden; ein alter Araber, der seinen verlorenen Sohn wiederzufinden hoffte – und da kam der Weltmeister, und das Gedröhn der Kuhglocken steigerte sich ins Unerträgliche. Huber Hansi war ein linkisches Bürschchen um die Zwanzig, vom Sponsor sportlich-elegant eingekleidet und von zwei Stewardessen äußerst vorteilhaft umrahmt. Verlegen winkte er und stieg über eine Treppe hinunter zur Gepäckausgabe, wo sich irgend jemand seiner Koffer und mutmaßlichen Sportgeräte annehmen würde. Er passierte ohne weitere Formalitäten die Zollkontrolle und wurde diesseits der Glasscheibe von der Menge verschluckt. Das Gedröhn der Kuhglocken wurde leiser und verstummte schließlich, während ich unverwandt zum Laufsteg hochsah, auf dem Polja gleich auftauchen mußte. Endlich kam sie, Polja, o Polja, die königlich Aufrechte, den Abglanz afrikanischer Sonne im Gesicht und einen feinen Hauch Wüstenstaub auf den Fallschirmspringerstiefeln. Aber was war das? Polja war nicht allein – neben ihr her ging ganz vertraulich ein gewaltiger Schwarzer, schön wie ein Gott und majestätisch wie ein Tier. Er war gut drei

Meter groß, hatte Schultern wie Tarzan und Lenden wie ein Löwe. Polja sagte etwas zu ihm, und er neigte sein Ohr zu ihr hinunter und lächelte mit halbgeschlossenen Augen. Polja sah mich nicht, und sie schien auch nicht Ausschau nach mir zu halten. Die Rose hinter meinem Rücken welkte, meine Knie wurden weich. Wer war dieser Mann? Ich überlegte, ob ich mich aus dem Staub machen sollte, entschied mich dann aber zu bleiben. Was war schon dabei? Alter Freund holt alte Freundin ab, nichts weiter, Koffer tragen und willkommen heißen, das Normalste von der Welt, wozu hat man sonst Freunde, nicht wahr.

Nach einer Ewigkeit tauchten Polja und ihr Begleiter endlich diesseits der Glasscheibe auf. Ich winkte und versteckte gleichzeitig die Rose noch tiefer hinter dem Rücken. Die beiden kamen auf mich zu.

»Hallo, Max!« Polja hüpfte vor Aufregung. »Schön, daß du mich abholst. Das hier ist John, wir haben uns im Flugzeug kennengelernt.«

John gab mir die Hand. Sie war warm und stark und sanft, und ich wollte sterben vor Angst.

»Was versteckst du denn da?« Polja versuchte meine Schulter weiträumig zu umgehen, um einen Blick hinter meinen Rücken zu werfen, aber ich wandte ihr immer meine Vorderseite zu wie ein Dompteur, der eine unberechenbare Löwin nicht aus den Augen läßt. Polja umkreiste mich im Uhrzeigersinn und dann in der entgegengesetzten Richtung, aber ich gab nicht nach. Schließlich wurde es uns beiden zu dumm. Polja blieb stehen, und ich rückte die Rose heraus. Es war eine merkwürdige Situation. Polja und ich sahen beide die Rose an, als ob sie ein bizarres tropisches

Insekt sei, und John stand daneben und machte sich trotz seiner drei Meter ganz klein und unsichtbar. Irgendwann trafen sich unsere Blicke – und dann küßten wir uns, o Polja, und wir wollten nie mehr damit aufhören, und ich fühlte durch die doppelte Lederschicht unserer Motorradjacken das versetzte Schlagen unserer Herzen.

Beim Avis-Autovermietungsstand überreichte uns John seine Visitenkarte. John Sinclair, Lawyer, New York City, und die Telefonnummer. Er gab uns beiden die Hand und sagte Goodbye, und wenn wir einmal in New York wären, müßten wir ihn unbedingt besuchen. Polja und ich gingen zum Ausgang, der auf die nachtschwarze Straße führte, und da rief sie: »Das ist ja mein Motorrad!« Tatsächlich blinkte durchs gläserne Portal eine blitzblanke, feuerwehrrote Harley-Sportster. Polja fuhr herum und kniff mir in die Wange. Das hatte mein Onkel Michel früher immer getan, und ich hatte es immer gehaßt. »Hast du Ölstand und Reifendruck kontrolliert?«

»Ja.«

»Hast du die Kupplung ganz durchgezogen beim Schalten?«

»Ja.«

»Hast du den Motor hochgejagt?«

»Nicht über viertausend Touren.«

»Bist du auf die Schnauze gefallen?«

»Nein.«

Da ließ Polja meine Wange los und machte einen Kontrollgang um die Harley. Sie fühlte den Zylindern die Temperatur, prüfte die Kabelzüge von Bremse und Kupplung, tippte mit dem Stiefel den Kettenspanner an, suchte auf

Tank und Schutzblechen nach Kratzern im Lack und sagte schließlich: »Schlüssel.« Ich reichte ihr den Schlüssel. Mit einem beiläufigen Tritt ihres Stiefels warf sie die Maschine an und horchte auf das Wummern der zwei Zylinder. Der Motor lief wunderbar ruhig, nur die Ventile klingelten ein wenig.

»Für die Ventile kann ich nichts. Die haben heute früh schon geklingelt.«

»Die klingeln immer, das muß so sein«, brummte Polja und lauschte weiter. Schließlich stellte sie den Motor ab. Wir zogen die Regenoveralls, Helme und Handschuhe an, die ich auf den Gepäckträger geklemmt hatte. Dann stieg Polja auf, startete den Motor und wartete, daß ich auf dem Sozius Platz nahm, aber ich blieb in zwei Metern Entfernung stehen wie ein Astronaut, den seine Kumpels auf dem Mond zurückgelassen haben.

Polja klappte das Visier hoch. »Na, was ist?«

»Mein Vater hat da eine Theorie. Über Frauen und Motorräder.« Polja verdrehte ihre schönen Augen, daß man nur noch das Weiße sah, stellte die Maschine wieder ab und zog den Helm aus.

»Mein Vater sagt, es gibt drei Sorten von Frauen: Erstens jene, die sich niemals auf ein Motorrad setzen würden. Von denen soll ich mich fernhalten.«

»Und zweitens?«

»Zweitens jene, die zwar gerne Motorrad fahren und vielleicht sogar selber eines besitzen, eigentlich aber lieber auf dem Rücksitz Platz nehmen. An die soll ich mich halten, sagt mein Vater.«

»Drittens?«

»Drittens jene Frauen, die das Steuer ums Verrecken nie aus der Hand geben wollen. Das seien die schlimmsten.«

Polja setzte ihren Helm wieder auf. »Dein Vater ist ein Vollidiot.«

So nahm ich auf dem Rücksitz Platz, und wir fuhren los. Es schneite wie im Märchen, die Fahrbahn war weiß und glatt wie ein unbeschriebenes Blatt Papier, und die Harley schrieb mit den Reifen die ersten Zeilen eines langen Liebesgedichts darauf. Wir waren allein auf der Autobahn. Wir fuhren vorbei an den gewaltigen Hochhäusern, in denen verzweifelt einsame Mütter ihre Kinder verhungern lassen und die Nachbarn das dünner werdende Geschrei überhören; vorbei an den düsteren Dörfern, in denen Bauernbuben zu Neonazis werden und Asylantenheime anzünden; wir fuhren vorbei an Einkaufszentren und Kläranlagen und Zementfabriken und Atomkraftwerken, und dann erreichten wir die Stadtgrenze von Olten. Polja hielt an, und wir zogen die Helme ab. Es hatte aufgehört zu schneien, die Luft war eisig klar. Wir befanden uns im ehemaligen Industriequartier mit all seinen stillgelegten Lastwagen-, Seifen- und Kakaofabriken, den Ledergerbereien, Eisenbahnwerkstätten und Gießereien. Überall standen die Räder still, manche schon seit Jahrzehnten, andere erst seit wenigen Monaten. Junge Birken wuchsen aus geborstenem Asphalt und aus dem Schotter von Geleisen, auf denen nie wieder ein Güterzug rollen würde. Neben uns blinkte die Leuchtreklame eines Fitneßcenters, das seine Trainingsmaschinen in einer ehemaligen Werkhalle aufgestellt hatte. Hier gab es für uns nichts zu tun. Der Moment würde unweigerlich kommen, da wir weiterfahren würden ins Städtchen, vielleicht auf ein Bier in den ›Ochsen‹, dann schlafen und morgen früh auf die Redaktion, wo ich das Zingg-Portrait schreiben würde, abends vielleicht ein Spaziergang hinunter an die Aare und so weiter, und so weiter. Wie auf einem Stadtplan eingezeichnet sah ich meine Wege vor mir, auf ewig festgelegt mit rotem, wasserfestem Filzstift – ich stöhnte auf.

Da faßte mich Polja am Arm. »Wir werden heute abend nicht in den ›Ochsen‹ gehen.«

»Nein.«

Polja fuhr an, und wir rollten ins Städtchen. Alles war still; Polja fuhr die Harley so tieftourig wie möglich, damit wir die schlafenden Bürger nicht aufweckten. Links und rechts zogen die Kneipen und die Wohnungen und die Büros vorbei, in denen ich die Hälfte meines Lebens zugebracht hatte, und Polja hielt nirgends an. Wir bogen in die Kantonsstraße ein, welche südwärts aus dem Städtchen hinausführt. Schon bald brachen die Häuserzeilen ab und gaben den Blick frei auf die Wiesen und Wälder, die wir gemeinsam durchqueren würden.

39

Cairo, 24. November 1875

Mein lieber
Werner Munzinger Pascha!

Ich hoffe, daß dieser Brief Sie in Aussa erreicht. Es hat sich ein unglücklicher Zwischenfall ereignet, welcher die Völker Abessiniens feindlich gegen Sie stimmen könnte. Ich bitte Sie dringend, sich mit Ihren Soldaten an einem Ort festzusetzen, der leicht zu vertheidigen ist.

Gemäß meinen Anordnungen haben Sie vor Ihrer Abreise aus Massaua das militärische Commando über die zurückbleibenden Truppen Ihrem Stellvertreter Arakel Bey übergeben.

Statt aber nur die Grenze zu sichern, hat sich dieser mit einem viel zu kleinen Trupp von tausend Mann ins Innere Abessiniens vorgewagt und ist bei Ghundet am Fluß Mareb auf die Armee des Kaisers Johannes gestoßen. In einer elfstündigen Schlacht wurden unsere zehn Compagnien praktisch vollständig aufgerieben. Arakel Bey selbst und die meisten Offiziere sind gefallen, nur einige wenige Soldaten schafften den Rückzug nach Massaua.

Seien Sie versichert, daß es zu einer Revanche kommen wird. Aber bis das Ansehen der ägyptischen Armee wiederhergestellt ist, müssen Sie sehr vorsichtig sein.

Ich verbleibe mit den besten Wünschen für Sie, mein lieber Pascha.

Ismail

PS: Ich denke, daß der Moment ungünstig wäre für Verhandlungen mit Fürst Menelik. Warten wir günstigere Zeiten ab – es sei denn, Menelik würde von sich aus auf uns zukommen.

Der Brief erreicht Werner Munzinger Pascha nicht mehr. Die Karawanenstraße führt über Vulkangeröll durch die entsetzlich heiße Adajalwüste. Munzinger merkt, daß er den ersten großen Fehler seines Lebens gemacht hat: Die Vorräte an Wasser, Käse und Biskuits sind für zehn Tage berechnet, und die Truppe ist schon zwölf Tage unterwegs. Am dreizehnten Tag werden drei Kamele geschlachtet, am vierzehnten Tag fünf, am fünfzehnten zehn, und erst am Abend des siebzehnten Tages erreicht die Karawane völlig entkräftet das waldige Ufer des Sees von Aussa. Und während Mensch und Tier ans Wasser stürzen und trinken bis zum Erbrechen, tritt ein vornehmer junger Mann aus dem Unterholz. Es ist der Sohn von Scheich Mohammed Lebeda, dem Häuptling von Aussa. Im Namen seines Vaters heißt er Werner Munzinger willkommen. Werner schenkt ihm einen Mantel, einen Säbel und einen Lederbeutel voller Maria-Theresien-Taler und bittet ihn, Lebensmittel herbeizuschaffen. Der Jüngling verschwindet wieder im Unterholz. Werner läßt das Lager herrichten und legt sich im Zelt an Oulette-Mariams Seite schlafen. Was in jener Nacht geschieht, berichtet drei Wochen später ein Diener Munzingers, dem die Flucht nach Kairo gelingt. Eduard Dor notiert:

Die Nacht verlief ruhig, bis der Mond untergegangen war; ein Posten wachte. Gegen zwei Uhr morgens kamen zwei Eingeborene mit einem Ochsen und einer Kuh und wollten ins Lager, angeblich, um das Vieh zu verkaufen. Die Wache hielt sie zurück und band sie am Fahrgestell einer Kanone fest. Die Eingeborenen schrien und riefen. Plötzlich stürzen von allen Seiten wie auf ein Signal Tausende von Gallas herbei. Alarm wird geblasen. Der Angriff ist so schnell und massiv, daß die Soldaten fliehen müssen. Herr Munzinger Pascha steht an der Spitze der Compagnie mit den zwei Kanonen, von denen aber nur eine zum Schuß kommt, und auch die nur einmal. Die Linie ist durchbrochen. Munzinger Pascha, von seiner Leibwache bis auf drei Sudan-Soldaten entblößt, bleibt bei den Kanonen, er selbst feuert einen Gewehrschuß und drei Revolverschüsse ab. Die Eingeborenen, mit Lanzen und Säbeln bewaffnet, umringen ihn, die drei Sudan-Soldaten fallen, und Munzinger Pascha wird tödlich verwundet. Ein Säbelhieb zerschmettert den linken Schulterknochen, ein zweiter die obere Hirnschale, ein Lanzenstich trifft ihn in die rechte Brustseite, ein anderer ins Genick. Im ganzen erhält er zehn Wunden.

Während das Gemetzel die ganze Nacht fortdauert, kann man den Verwundeten dem Gemenge entreißen und ihn so verbergen, daß er bis Sonnenaufgang unbemerkt bleibt. Oulette-Mariam wird im Zelt überfallen und erhält drei Lanzenstiche; sie wird im Verlauf der Nacht in das Versteck ihres Mannes gebracht.

Um acht Uhr früh versuchten die überlebenden Soldaten, die Verwundeten fortzuschaffen, doch waren die Verfolger so zahlreich, daß an ein Halten nicht zu denken war.

Herr Munzinger Pascha, trotz seiner schweren Wunden, blieb standhaft und sagte, da er doch verloren sei, solle man ihn hierlassen und jedermann sich durch Flucht retten. Seine Frau, ebenso gefaßt, schickte ihre Diener fort, die sie bisher getragen hatten. Herrn Munzinger Pascha hat man tausend Schritte vom Schlachtfeld weggetragen, seine Gattin vielleicht zweihundert Schritte weiter. Beide blieben, die anstürmenden Feinde hinter sich, hilflos dem traurigsten aller Schicksale überlassen.

40

Niemand hat die geschundenen Leichen von Werner Munzinger und Oulette-Mariam je gefunden. Adolf Haggenmacher gelang vorerst die Flucht. Vier Tage lang trank er seinen eigenen Urin und das Blut verstorbener Gefährten, bevor er an Entkräftung starb. Haggenmachers Frau, welche die Expedition glücklicherweise nicht mitmachte, lebte bis zu ihrem Tod in Kairo; ihren einzigen überlebenden Sohn holten die Großeltern nach Brugg im Kanton Aargau. Der siebenjährige Mohrenbub gewöhnte sich aber nie recht an das europäische Leben und wurde schwermütig. Nach elf qualvollen Jahren gaben die Großeltern endlich nach und ließen den Jüngling nach Afrika heimkehren.

Werners Bruder Walther wurde nach dem frühen Tod Maries nie mehr froh; er begrub sich in seinem Lebenswerk, vollendete das Schweizerische Obligationenrecht und starb drei Jahre nach Marie an einer ziemlich harmlosen Erkältung.

König Ismail verstrickte sich tief in Schulden. Seine europäischen Gläubiger zwangen ihn 1879, die Macht seinem Sohn Tawfiq Pascha zu überlassen. Ismail ging ins Exil nach Neapel und dann nach Istanbul, wo er vierundsechzigjährig starb. In Abessinien hielt sich Kaiser Johannes zehn Jahre länger, wurde aber 1889 durch Menelik II. vom Thron gestoßen. Munzingers kleines Königreich übernahmen nach einigen Querelen die Italiener, und die machten daraus ihre Kolonie Eritrea. Dem Ende der Kolonialzeit folgten dreißig Jahre Bürgerkrieg zwischen den politischen Nachfahren von Munzinger und Johannes. Seit 1991 ist Frieden. Heute noch ist das Land übersät mit Ruinen, Tretminen und ausgebrannten Panzern; überall fahren weiße Männer in vierradgetriebenen Toyota Landcruisers umher und verteilen US-amerikanisches Weizenmehl. Aber Werner Munzingers Damm vom Festland nach Massaua steht noch, und das Trinkwasser auf der Insel ist ausgezeichnet.

Polja und ich? Wir sind bis zur Morgendämmerung durchgefahren in jener Nacht. In Montpellier stiegen wir ab, staksten mit steifgefrorenen Beinen in die ›Auberge du Midi‹ und hinauf ins oberste Dachzimmer, wo wir zwei Tage und zwei Nächte blieben. Am Tag unserer Weiterfahrt hatten wir unseren ersten Streit – seither überläßt mir Polja hin und wieder den Lenker. Schnell hatten wir die Pyrenäen hinter uns. In Pamplona verschenkten wir unsere Regenkombis an zwei heimwärts fahrende Nordländer. Und seit bald zwei Monaten sind wir in Santiago de Compostela, am westlichsten Zipfel Europas; lange wird es wohl nicht mehr gehen, bis man uns droben im kühlen Norden die Kreditkarten sperrt. Polja hat hier eine Gruppe anarchistischer Studenten kennengelernt und diskutiert mit ihnen ganze verregnete Nachmittage lang über Chancen und Gefahren der Europäischen Union. Dann sitze ich im Hotelzimmer an meinem Tischchen und schreibe an dieser Geschichte. An sonnigen Tagen aber fahren wir hinaus ans Meer und baden im eiskalten Atlantik, und abends gehen wir tanzen.

Nachwort

Mit der Niederschrift dieses Romans habe ich Ende Juni 1995 begonnen. Ich erinnere mich gut daran, weil ich am Morgen des ersten Arbeitstages ins Kaufhaus lief und mit einem Körbchen unreifer Kirschen sowie zwei leeren Bananenschachteln zurückkam. Die Kirschen waren ungenießbar, aber die Schachteln stellte ich links und rechts von meinem Schreibtisch auf. In die linke Schachtel legte ich alle Dokumente über das Leben Werner Munzingers, die ich in einjähriger Recherche gesammelt hatte. Die rechte Schachtel blieb vorläufig leer.

Dann nahm ich den Staubschutz von meiner Schreibmaschine und begann mit dem ersten Kapitel. Ich entnahm der linken Schachtel die Dokumente, die ich gerade benötigte, und errichtete auf dem Schreibtisch Papierstöße nach einem geheimen, nur mir allein begreiflichen System. Die verwerteten Blätter und Zettel wanderten in die rechte Schachtel. Als ich das erste Kapitel abgeschlossen hatte, war mein Schreibtisch wieder nahezu leer. Ich kramte in der linken Schachtel nach den Dokumenten, die ich für das zweite Kapitel brauchen würde.

So verging Monat um Monat. Kapitel reihte sich an Kapitel. Die linke Schachtel leerte sich zusehends, die rechte quoll schon bald über. Die verarbeiteten Dokumente ordnete ich schon bald nicht mehr sorgfältig ein, sondern ließ sie achtlos über die Schreibtischkante fallen.

Unterdessen ist ein Jahr vergangen, das Kaufhaus bietet wiederum unreife Kirschen an, und ich habe meine Geschichte zu Ende erzählt. Werner Munzinger und all seine Getreuen sind tot, meine linke Schachtel ist leer. Eigentlich müßte ich glücklich sein.

Aber da ist noch etwas. Auf meinem Schreibtisch verstauben ein paar Blätter, einige seit vielen Monaten, andere erst wenige Wochen. Jedes einzelne Blatt habe ich irgendwann aus der linken Schachtel genommen in der aufrichtigen Absicht, es in die Geschichte einzubauen und schließlich der rechten Schachtel zu übergeben. Aber die Gelegenheit dazu fand sich nie, und so blieb eins ums andere liegen. Was soll ich jetzt mit ihnen anstellen? In die linke Schachtel zurücklegen will ich sie nicht, denn leider bin ich ein Lehrerssohn und kann mit den Hausaufgaben erst aufhören, wenn alles erledigt ist. Über die rechte Tischkante wischen darf ich sie redlicherweise auch nicht, denn dieser Weg ist ausschließlich dem verarbeiteten Material vorbehalten.

Dabei sind es gute Dokumente: Fotokopien von Briefen, Tagebüchern, alten Zeitschriften und Büchern, Zeichnungen und Fotos. Alle sind mir ans Herz gewachsen, über jedes einzelne habe ich gelacht oder nachgedacht oder wenigstens die Stirn gerunzelt, und immer wieder habe ich sie in diesem oder jenem Kapitel unterzubringen versucht. Aber es ging nicht. Sie erwiesen sich als widerspenstig. Manche bezichtigten einander der Lüge, andere stellten nur Fragen und gaben keine Antworten, und wieder andere lagen so weit abseits des großen Erzählpfades, daß sie abzuholen meine Ausdauer überfordert hätte.

Manipulation! Geschichtsklitterei! werden mir kritische Geister zurufen. Dagegen muß ich mich wehren. Zugegeben: Einem gewissenhaften Historiker wären bei meiner Arbeitsweise die Haare zu Berge gestanden. Zu oft habe ich meinen Helden Dinge sagen lassen, die kein Tonband je aufgezeichnet hat; zu oft habe ich Werners sprunghafte Rechtschreibung abgeändert, ganze Passagen umformuliert oder auch mal zwei Briefe zu einem zusammengefaßt. Und trotzdem bin ich der tiefen Überzeugung, daß mein Bild Werner Munzingers wahr ist, daß ich nichts Unwahres geschrieben und keine Wahrheit unterdrückt habe ... Ich sehe schon, man glaubt mir nicht. Ich muß reinen Tisch machen.

Nehmen wir also als erstes den Stapel rechts zwischen Tischkante und Schreibmaschine. Da behauptet ein Zeitgenosse, Werner Munzinger sei ein skrupelloser Ehrgeizling gewesen, dessen einziges Ziel der abessinische Kaiserthron war. Ein anderer unterstellt, Werner habe selbst Sklaven gehalten und sich am Sklavenhandel bereichert. Und diese Quelle hier schwört, daß er unersättlich Grundbesitz und Vieh zusammengerafft habe.

Ich gestehe, daß mir diese Stimmen nicht in den Kram passen. Am liebsten hätte ich sie als Verleumdung taxiert und stillschweigend vom Tisch gewischt. Aber da war die historisch verbürgte Tatsache, daß König Ismail nach Munzingers Tod eine Untersuchung über dessen Vermögensverhältnisse anordnete. War Werner ein Sklavenhändler, ein

Blutsauger, ein skrupelloser Karrierist? Das kann und will ich nicht glauben, und zum Glück birgt dieser Stapel noch andere Zeugenaussagen. Da sind die Berichte von Afrikareisenden aus Deutschland, der Schweiz und Frankreich, die tief beeindruckt waren von Munzingers einfacher Lebensweise, seiner Klugheit und dem hohen Ansehen, das er bei den Abessiniern genoß. Da sind die Schriften Werner Munzingers selbst, in denen er immer mit Liebe und Respekt von den Menschen spricht. Und Gott sei Dank ist auch belegt, daß die königliche Untersuchung ergebnislos im Sande verlief.

Oder dieser Stapel hier, auf dem der Aschenbecher steht: Der betrifft das Attentat auf Werner Munzinger vom 28. September 1869, das in vorliegendem Roman mit keinem Wort erwähnt wird. An jenem Tag war er mit Oulette-Mariam und einer kleinen Eskorte von Keren nach Massaua unterwegs, als ihn aus dem Hinterhalt vier Schüsse in Schulter, Arm, Hüfte und Gesäß trafen. »Der Mörder entfloh wie ein zweiter Wilhelm Tell«, schreibt Werner zwei Wochen später an seinen Bruder, »zum Glück habe ich nicht einen zweiten Geßler abgegeben.«
  Wer war der Täter? Ein eifersüchtiger Missionar namens Stella, wie manche behaupteten? Ein in seinem Nationalstolz verletzter Abessinier, der Munzinger die britische Expedition nach Magdala übelnahm? Werner glaubte ihn erkannt zu haben: »Es ist ein Mann, der keinen Grund hatte, mein Feind zu sein. Aber viele Leute glauben nun mal in ihrer Dummheit, daß ich ein Hindernis sei für ihre bösen Pläne...«

Und dann ist da noch die zweifelhafte Geschichte von Werner Munzingers angeblichem Sohn, der im November 1875 einjährig gewesen sein soll und glücklicherweise seine Eltern nicht nach Aussa begleitet habe, sondern bei seinem Kindermädchen geblieben sei. Das wirft Fragen auf. Denn aktenkundig ist, daß Werners Ehe achtzehn Jahre lang kinderlos blieb, aus welchen Gründen auch immer – ist es da glaubhaft, daß im neunzehnten Jahr noch ein Baby zur Welt kam? Vielleicht adoptierten die beiden ein Kind an Sohnes Statt. Oder Oulette-Mariam ließ jemand anderen vollenden, was Werner Munzinger nicht gelang…

All das sind Fragen, die ich nicht zu beantworten vermag, und ich fürchte, daß niemand je dazu in der Lage sein wird. Ich für meinen Teil bin Werner Munzingers Lebensweg so gewissenhaft gefolgt, als es einem liederlichen Menschen eben möglich ist: Wochenlang bin ich durch die Straßen Kairos und die Gänge der ägyptischen Bürokratie geirrt. Ich habe in Massaua geschwitzt und kochend heißes Bier getrunken. In Keren habe ich ein Fahrrad gekauft und bin auf den Spuren von Marschall Napier südwärts ins abessinische Hochland geradelt. Und dann bin ich heimgekehrt und habe mich in die Archive vergraben: Stadtarchiv und Stadtbibliothek Olten, Zentralbibliothek Solothurn, Bundesarchiv und Landesbibliothek in Bern, Handschriftenarchiv der Universitätsbibliothek Basel sowie Stadtbibliothek und Stadtarchiv Winterthur. Überall waren hilfsbereite Menschen, und ihnen allen danke ich – besonders jenem namenlosen Archivar in Kairo, der mich sehr ernsthaft musterte und dann fragte, ob ich ein direkter Nachkomme

Werner Munzingers sei. Leider mußte ich verneinen. Denn wäre ich tatsächlich ein leiblicher Ururenkel des Generalgouverneurs von Massaua, so würde mir der ägyptische Staat eine lebenslängliche Rente entrichten. Aber vielleicht laufe ich schnell hinüber zu meinem Freund Pit Munzinger, der am Munzingerplatz den schicksten Coiffeursalon von ganz Olten betreibt, und lade ihn auf eine Reise nach Ägypten ein. Pit gleicht nämlich aufs Haar dem Finanzminister Josef Munzinger. Und als Beweisstück sind da noch die zwei gekreuzten Säbel neben der Registrierkasse, die laut Munzingerscher Familienlegende dem alten Werner gehört haben sollen. Wer weiß ...

Olten, Ende Mai 1996
Alex Capus

Urs Widmer
Im Kongo

Roman

Der Altenpfleger Kuno erhält einen neuen Gast: seinen Vater. In der Abgeschiedenheit des Altersheims kommen sie endlich zum Erzählen. Kuno glaubte immer, sein Vater sei ein Langweiler, ohne Schicksal und ohne Geschichte – bis er mit einemmal merkt, daß dieser im Zweiten Weltkrieg einst Kopf und Kragen riskiert hat. Sein greiser Vater hat ein Schicksal, und was für eins! Diese Erkenntnis verändert Kunos Leben. Eine Reise in die eigenen Abgründe beginnt, in deren Verlauf es ihn bis in den tiefsten Kongo verschlägt. Jene lockende Ferne, die einst als Herz der Finsternis galt, wird zum abenteuerlichen Schauplatz von Wahnwitz, Wildheit und innerer Bewährung.

»Ein Ur-, ein Traum-, ein Seelen-Kongo ist das, eine Metapher für das nicht faßbare Tosen unnennbarer Gefühle, ein Land, in dem blutgeile Walddämonen, Teufelsgötter, Löwenherrscher, Giganten, maskierte Stammeshäuptlinge um ein unheimliches Feuer hocken, das tief in uns brennt, wo die Seelenkarten noch immer die weißen Flecken zeigen, die aus den Weltkarten verschwunden sind.«
Urs Allemann/Basler Zeitung

»Eines ist unbestreitbar: Für die Welt, wie sie uns von Urs Widmer vorgestellt wird, würde ich die unsere unbesehen opfern.« *Michael Krüger*

»Eine literarische Delikatesse, eine Geschichte, die niemand ohne Jubel lesen wird.«
Andreas Isenschmid/Die Weltwoche, Zürich

»Längst ist Urs Widmer ein zu Recht erfolgreicher deutschsprachiger Autor. Doch mit seinem neuesten Roman übertrifft er sich selbst.«
Martin Luchsinger/Frankfurter Rundschau

Jakob Arjouni
Magic Hoffmann
Roman

Fred, Nickel und Annette träumen einen gemeinsamen Traum, und der trägt den Namen ›Kanada‹. Dort könnte man leben, wie man will, fischen und fotografieren, weit weg vom Muff der deutschen Provinz. Doch von Dieburg nach Vancouver kommt man nicht ohne Umweg. Für Fred führt dieser über den Knast in das Berlin nach dem Mauerfall, wo er Nickel, Annette und sein Geld abholen will. So war's besprochen – doch *the times they are a-changin'*.
Unlarmoyant, treffsicher und leichtfüßig zeichnet Jakob Arjouni ein Bild der Republik: ein Entwicklungsroman in der Tonlage des Road Movie. Ein Buch voller Spannung und Ironie über einen, der versucht, sich nicht unterkriegen zu lassen, nicht vom Land und nicht von seinen besten Freunden.

»Und alle Leser lieben Hoffmann: Jakob Arjouni schreibt einen Roman über die vereinte Hauptstadt, einen Roman über die Treue zu sich selbst, über gebrochene Versprechen, gewandelte Werte, verlorene Freundschaften und die Übermacht der Zeit. Ein literarischer Genuß: spannend, tragikomisch und voller Tempo.«
Harald Jähner/Frankfurter Allgemeine Zeitung

»Nach drei Großstadt-Thrillern um den Frankfurter Privatdetektiv Kayankaya hat Jakob Arjouni seinen ersten Berlin-Roman geschrieben: witzig und packend wie alles von ihm.«
Daniel Brunner/annabelle, Zürich

»Eines unserer größten Erzähltalente.«
Hajo Steinert/Focus, München

Schweizer Autoren im Diogenes Verlag

● **Ulrich Bräker**
Der arme Mann im Tockenburg
Lebensgeschichte und Natürliche Ebentheuer des armen Mannes im Tockenburg. Herausgegeben von Samuel Voellmy. Mit einem Vorwort von Hans Mayer

● **Rainer Brambach**
Heiterkeit im Garten
Das gesamte Werk. Herausgegeben und mit einem Nachwort von Frank Geerk

● **Alex Capus**
Munzinger Pascha
Roman

● **Friedrich Dürrenmatt**
Gesammelte Werke in 7 Bänden in Kassette
Band 1: Stücke. Band 2: Stücke. Band 3: Stücke und Hörspiele. Band 4: Romane. Band 5: Erzählungen. Band 6: Stoffe, Gedankenfuge, Zusammenhänge. Band 7: Essays und Gedichte / Chronik und Inhaltsübersicht. Erweiterte und ergänzte Ausgabe

Das dramatische Werk

Es steht geschrieben / Der Blinde
Frühe Stücke

Romulus der Große
Eine ungeschichtliche historische Komödie in vier Akten

Die Ehe des Herrn Mississippi
Eine Komödie in zwei Teilen und ein Drehbuch

Ein Engel kommt nach Babylon
Eine fragmentarische Komödie in drei Akten

Der Besuch der alten Dame
Eine tragische Komödie

Frank der Fünfte
Komödie einer Privatbank

Die Physiker
Eine Komödie in zwei Akten

Herkules und der Stall des Augias / Der Prozeß um des Esels Schatten
Griechische Stücke. Zwei Hörspiele und eine Komödie

Der Meteor / Dichterdämmerung
Zwei Nobelpreisträgerstücke

Die Wiedertäufer
Eine Komödie in zwei Teilen

König Johann / Titus Andronicus
Shakespeare-Umarbeitungen

Play Strindberg / Porträt eines Planeten
Übungsstücke für Schauspieler

Urfaust / Woyzeck
Zwei Bearbeitungen

Der Mitmacher
Ein Komplex

Die Frist
Eine Komödie

Die Panne
Hörspiel und Komödie

Nächtliches Gespräch mit einem verachteten Menschen / Stranitzky und der Nationalheld / Das Unternehmen der Wega
Hörspiele und Kabarett

Achterloo
Komödie. Mit einem Nachwort des Autors

F. Dürrenmatt & Charlotte Kerr
Rollenspiele
Protokoll einer fiktiven Inszenierung und ›Achterloo III‹

Midas
oder Die schwarze Leinwand

Das Prosawerk

Aus den Papieren eines Wärters
Frühe Prosa

Der Richter und sein Henker
Kriminalroman. Studienausgabe mit zahlreichen Fotos aus dem Film und einem Anhang

Der Verdacht
Kriminalroman

Der Hund / Der Tunnel / Die Panne
Erzählungen

Die Panne
Eine noch mögliche Geschichte

*Grieche sucht Griechin/
Mr. X macht Ferien/Nachrichten
über den Stand des Zeitungs-
wesens in der Steinzeit*
Grotesken

*Das Versprechen/Aufenthalt in
einer kleinen Stadt*
Erzählungen

Das Versprechen
Requiem auf den Kriminalroman

Theater
Essays, Gedichte und Reden

Kritik
Kritiken und Zeichnungen

Literatur und Kunst
Essays, Gedichte und Reden

Philosophie und Naturwissenschaft
Essays, Gedichte und Reden

Politik
Essays, Gedichte und Reden

Der Sturz
Erzählungen: ›Der Sturz‹ / ›Abu Chanifa und
Anan Ben David‹ / ›Smithy‹ / ›Das Sterben der
Pythia‹

Zusammenhänge
›Essay über Israel‹ /

Nachgedanken
unter anderem über Freiheit, Gleichheit und
Brüderlichkeit in Judentum, Christentum,
Islam und Marxismus und über zwei alte
Mythen

Labyrinth
Stoffe I–III: ›Der Winterkrieg in Tibet‹/
›Mondfinsternis‹/›Der Rebell‹. Vom Autor
revidierte Neuausgabe

Minotaurus
Eine Ballade. Mit Zeichnungen des Autors

Justiz
Roman

Der Auftrag
oder Vom Beobachten des Beobachters der
Beobachter. Novelle in vierundzwanzig Sätzen

Versuche
Essays und Reden

Denkanstöße
Ausgewählt und zusammengestellt von Daniel
Keel. Mit sieben Zeichnungen des Dichters

Durcheinandertal
Roman

Turmbau
Stoffe IV–IX: ›Begegnungen‹ / ›Querfahrt‹ /
›Die Brücke‹ / ›Das Haus‹ / ›Vinter‹ / ›Das
Hirn‹

Die Schweiz – ein Gefängnis
Die Havel-Rede

Das Dürrenmatt Lesebuch
Herausgegeben von Daniel Keel. Mit einem
Nachwort von Heinz Ludwig Arnold

Meistererzählungen
Mit einem Nachwort von Reinhardt Stumm

Gedankenfuge

Das Mögliche ist ungeheuer
Ausgewählte Gedichte. Mit einem Nachwort
von Peter Rüedi

Der Pensionierte
Fragment eines Kriminalromans. Text der Fas-
sung letzter Hand. Faksimile des Manuskripts.
Faksimile des Typoskripts mit handschrift-
lichen Änderungen. Mit einem Nachwort von
Peter Rüedi und einem editorischen Bericht

Das zeichnerische Werk

Die Heimat im Plakat
Ein Buch für Schweizer Kinder

Die Mansarde
Die Wandbilder aus der Berner Laubeggstraße.
24 Abbildungen mit Texten von Friedrich
Dürrenmatt. Mit einem Essay von Ludmila
Vachtova.

Als Ergänzungsbände liegen vor:

Gespräche 1961 – 1990
4 Bände in Kassette. Band 1: Der Klassiker auf
der Bühne 1961–1970. Band 2: Die Entdeckung
des Erzählens 1971–1980. Band 3: Im Bann
der ›Stoffe‹ 1981–1987. Band 4: Dramaturgie
des Denkens 1988–1990. Herausgegeben von
Heinz Ludwig Arnold. In Zusammenarbeit
mit Anna von Planta und Jan Strümpel

Elisabeth Brock-Sulzer
Friedrich Dürrenmatt
Stationen seines Werkes. Mit Fotos, Zeich-
nungen, Faksimiles

Über Friedrich Dürrenmatt
Essays, Zeugnisse und Rezensionen. Mit Chronik und Bibliographie. Herausgegeben von Daniel Keel. Erweiterte Ausgabe

Herkules und Atlas
Lobreden und andere Versuche über Friedrich Dürrenmatt. Herausgegeben von Daniel Keel

Friedrich Dürrenmatt Schriftsteller und Maler
Ein Bilder- und Lesebuch

play Dürrenmatt
Ein Lese- und Bilderbuch. Mit Texten von Friedrich Dürrenmatt, Hugo Loetscher, Peter Rüedi, Guido Bachmann u.a. sowie Handschriften, Zeichnungen und Fotos

● **Friedrich Glauser**
Die Kriminalromane in 6 Bänden

Wachtmeister Studer
Roman. Mit einem Nachwort von Hugo Loetscher

Die Fieberkurve
Roman

Matto regiert
Roman

Der Chinese
Roman

Krock & Co.
Roman

Der Tee der drei alten Damen
Roman

Außerdem liegt vor:

Gourrama
Ein Roman aus der Fremdenlegion

● **Jeremias Gotthelf**
Der Bauernspiegel
oder Lebensgeschichte des Jeremias Gotthelf. Von ihm selbst beschrieben. Mit einem Essay von Walter Muschg

Uli der Knecht
Eine Gabe für Dienstboten und Meisterleute. Roman

Uli der Pächter
Roman

Anne Bäbi Jowäger
Roman in zwei Bänden

Geld und Geist
Roman. Mit einer Einleitung von Adolf Muschg

Käthi die Großmutter
Erzählung

Die Käserei in der Vehfreude
Roman

Die Wassernot im Emmental / Wie Joggeli eine Frau sucht
Ausgewählte Erzählungen I

Die schwarze Spinne Elsi, die seltsame Magd / Kurt von Koppigen
Ausgewählte Erzählungen II

Michels Brautschau / Niggi Ju / Das Erdbeerimareili
Ausgewählte Erzählungen III

Der Besenbinder von Richyswil / Barthli der Korber / Die Frau Pfarrerin / Selbstbiographie
Ausgewählte Erzählungen IV

Der Geltstag
Roman

Meistererzählungen
Mit einem Essay von Gottfried Keller

● **Gottfried Keller**
Der grüne Heinrich
Roman. Herausgegeben und mit einer Einleitung von Gustav Steiner

Die Leute von Seldwyla
Herausgegeben und mit einer Einleitung von Gustav Steiner

Züricher Novellen
Herausgegeben und mit einer Einleitung von Gustav Steiner

Meistererzählungen
Mit einem Nachwort von Walter Muschg

● **Die schönsten Liebesgeschichten aus der Schweiz**
Von Jeremias Gotthelf bis Max Frisch. Herausgegeben von Christian Strich und Tobias Inderbitzin

● **Roland Limacher**
Juliluft
Erzählung

● **Hugo Loetscher**
Abwässer
Ein Gutachten

Die Kranzflechterin
Roman

Noah
Roman einer Konjunktur

Wunderwelt
Eine brasilianische Begegnung

Herbst in der Großen Orange

Der Waschküchenschlüssel
oder Was – wenn Gott Schweizer wäre.
Geschichten

Der Immune
Roman

Die Papiere des Immunen
Roman

Vom Erzählen erzählen
Münchner Poetikvorlesungen. Mit einer Einführung von Wolfgang Frühwald

Die Fliege und die Suppe
und 33 andere Tiere in 33 anderen Situationen.
Fabeln

Der predigende Hahn
Das literarisch-moralische Nutztier. Mit Abbildungen, einem Nachwort, einem Register der Autoren und Tiere sowie einem Quellenverzeichnis

Saison
Roman

mit Alice Vollenweider
Kulinaritäten
Ein Briefwechsel über die Kunst und die Kultur der Küche

● **Niklaus Meienberg**
Heimsuchungen
Ein ausschweifendes Lesebuch

Zunder
Überfälle, Übergriffe, Überbleibsel

● **Beat Sterchi**
Blösch
Roman

● **Robert Walser**
Der Spaziergang
Ausgewählte Geschichten. Herausgegeben von Daniel Keel. Mit einem Nachwort von Urs Widmer

Maler, Poet und Dame
Aufsätze über Kunst und Künstler. Herausgegeben von Daniel Keel. Mit zahlreichen Dichterporträts

● **Urs Widmer**
Alois/Die Amsel im Regen im Garten
Zwei Erzählungen

Das Normale und die Sehnsucht
Essays und Geschichten

Die Forschungsreise
Ein Abenteuerroman

Die gelben Männer
Roman

Vom Fenster meines Hauses aus
Prosa

Schweizer Geschichten

Das enge Land
Roman

Shakespeare's Geschichten
Alle Stücke von William Shakespeare, nacherzählt von Walter E. Richartz und Urs Widmer.
In zwei Bänden

Liebesnacht
Erzählung

Die gestohlene Schöpfung
Ein Märchen

Indianersommer
Erzählung

Das Verschwinden der Chinesen im neuen Jahr
Mit einem Nachwort von H.C. Artmann

Auf auf, ihr Hirten! Die Kuh haut ab!
Kolumnen

Der Kongreß der Paläolepidopterologen
Roman

Das Paradies des Vergessens
Erzählung

Der blaue Siphon
Erzählung

Liebesbrief für Mary
Erzählung

Die sechste Puppe im Bauch der fünften Puppe im Bauch der vierten
und andere Überlegungen zur Literatur. Grazer Vorlesungen 1991

Im Kongo
Roman